ヒーローはイエスマン

羽泉伊織

集英社文庫

CONTENTS

プロローグ 007

I 潮風のイエスマン 013

II 黄昏《たそがれ》のイエスマン 069

III 黒煙のイエスマン 133

IV 深緑のイエスマン 197

V 蒼天のイエスマン 247

エピローグ 299

あとがき 319

ヒーローはイエスマン

プロローグ

肯定とは、最も優しき呪ひなり。

肯定されたる者、顧みることを忘れ、肯定したる者、拒否することを忘る。

人を呪はば穴二つとは、かく言へり。


雨粒が、トタン屋根を打った。

琴原蒼大《ことはらそうだい》は詩集から顔を上げ、天窓を仰ぐ。いつの間にか空が色を変えている。時計を見ると、優に一時間半も経《た》っていた。狭い小屋の中に、雨音が響き始める。

そして降り始めた雨を合図のように、琴原の足元から靴音が聞こえた。

琴原の腰かけたロッキングチェアから二メートルほどの所にある床板がカチッ、と音を立てて開き、その下から眼鏡をかけたスーツ姿の男が顔を覗《のぞ》かせる。

「所長、監視対象《モニター》の抽出、完了いたしました」

琴原は軽く頷《うなず》き、詩集をロッキングチェアの横のテーブルに置いた。

地下へ続く階段を下りながら、琴原はふと男に尋ねる。

「この世に呪いが存在するとしたら、呪いをかける方とかけられる方、どちらがいい」

男は前を向いたまま答える。

「呪ふ者、呪ひを恐るるが故に滅び、呪はるる者……結局滅ぶのであれば、私は呪いを知らないまま滅びたいと存じます」

「なんだ、お前もあの詩集、読んでいるのか」

「所長、あれは私がお貸しした詩集にございます」

琴原は刹那、口をつぐみ、頭を掻《か》く。

「そうだったかな」

二人は階段を下り、薄暗い廊下を進んだ。

廊下の両側には煤《すす》けた木製の棚が並び、そこにはこけし、木彫りの熊、さるぼぼ、王将、絵皿といった様々な民芸品が並べられている。さながら土産物屋の倉庫のようなその廊下は申し訳程度の照明で照らされ、二人の足音を呑《の》み込むかのように静かだった。

やがて二人は、廊下の端に辿《たど》り着く。そこは両側の壁と同じく年季の入った棚で塞がれており、実質、行き止まりであった。

その棚に赤べこが一頭、虚空を見つめながら鎮座している。男は壁に近付くと、棚の上で自分を見上げている赤べこの背中を人差し指で二回叩《たた》いた。

その瞬間、指紋認証センサーが反応し、赤べこの頭がゆっくりと下がる。

そして男の右手の壁に設置されている棚がスライドし、それまでの古びた廊下とは打って変わった、青いLEDライトが走る空間が現れた。男と琴原は壁の中から出現した空間に足を踏み入れる。


そこはまるで、大きな機械の内部であった。

円形の部屋の内壁は無数のモニターで覆われ、それが遥《はる》か天井にまで連なっている。壁の一番下のモニターの前には複雑な計器が置かれ、その一つ一つにインカムを着けた作業員たちが向き合い、どこかと連絡を取りながら機器を操作している。部屋の中央には巨大なペットボトルの蓋のような機械が据えてあり、その上端から青白いホログラムが空中に投影されている。映像は人形《ひとがた》を作り、それぞれの部位に小さな文字で説明が付されている。

琴原と男が部屋に足を踏み入れると同時に、部屋の奥から女性の作業員が分厚い資料の束を持って二人の元にやって来た。

「お疲れ様です。今回監視対象候補となった者の中から居住地・年齢層・性別に基づいてふるい分けをし、そこから無作為抽出《ランダムサンプリング》により五名を抽出。適性検討の結果、いずれも監視対象としての迎合性尺度基準を満たしていると判断されたため、こちらの五名を今回の対象として設定いたします」

琴原は素早く資料に目を通す。

「了解した。順番は？」

「こちらに」

作業員が示した資料には、五名の人間の名前、住所、年齢などの詳細なプロフィールと共に、それぞれに番号が振られている。

「監視所要時間は」

「概《おおむ》ね一週間程度で、監視対象による傾斜なし。それぞれの監視期間の調整は調査官の裁量によるものとします」

「だ、そうだ。サボるんじゃないぞ」

琴原は傍《そば》にいる眼鏡の男に言った。男は表情を変えずに返す。

「調査官としての信義則に基づき、務めさせていただきます」

部屋の中央のホログラムが形を変え、二人の人間の頭部とその内側の脳内構造を形作る。そのうち片方の脳の一部には白い印が付されていた。それぞれの映像の下部に、小さく文字が表示される。

印が付いていない方は、〝Ｏｒｄｉｎａｒｙ　Ｐｅｒｓｏｎ〟。

印が付けられた方は、〝Ｙｅｓｍａｎ〟。

琴原は部屋の中央の映像にちらりと目をやると、男に向き直る。

「さて、調査開始時期も君の采配で構わないという事だから……どうする、開始前に一杯やっておくか」

「所長、勤務中の飲酒は被雇用者倫理に反します」

「冗談だよ。どうせもう行くんだろう」

男はいつの間にか黒いビジネスバッグを脇に抱えていた。

「君も大分、イエスマンを脱したな」

「所長の教えでございますが」

「そうだな」

琴原は軽く息を吸った後、男に向かって告げる。

「調査官、石畳《いしだたみ》」

部屋の中央のホログラムが、再び形を変え始める。

「迎合性対人夢想症候群についての実態調査及び、日常生活における影響の検討を目的とし、琴原研究所より派遣する。これより監視対象ＮＯ．１、木暮慧《こぐれけい》の在住する区域へと移動せよ」

石畳と呼ばれた男は床に片膝を突き、琴原に向かって頭を下げ、応える。

「イエス」

その瞬間、男の姿は消えた。

I　潮風のイエスマン

なぜ頷くのかと言われれば、偏《ひとえ》に楽だからである。

「……だから先方もさ、もう少し融通利かせるべきなんだよ。そう思わねえか？」

後部座席から水島《みずしま》先輩の声が飛んでくる。ハンドルを握る僕にできる返答は、一つしかない。

「そうですよねー」

初夏の日差しを受けたアスファルトが、攻撃的な照り返しを放っている。

僕はダッシュボードに収納してあるサングラスのことを思った。今すぐにでも装着して目を労《いたわ》りたいところだが、水島先輩の執拗《しつよう》な絡みへの対応に精一杯で、取り出す隙がない。

車はようやく、本社のある大通りへと差し掛かる。運転席にいる僕の仕事は、後部座席の水島先輩を本社まで無事に送り届けること。一方で後部座席にいる先輩の仕事は、愚痴たっぷりのフリートークで僕の集中力を削《そ》ぐことだった。本人に運転手を妨害している自覚がないので、これはもうどうしようもない。

「サンプルの期限だってそちらの都合に合わせて調整しますよってこっちも言ってるじゃんよ。言ってるよな？　それを後から聞いてないだの現場を見てないだの……そういう不測の事態に柔軟に対応するのがあなたたちの仕事じゃないんですかって話よ。頭が固いったらありゃしねえ。官僚じゃあるまいしよ」

「うーん」

官僚の方々に申し訳ないのと、車の脇をすり抜けていった自転車のおばあさんを避《よ》けるのに神経を使っていたのとで、僕は曖昧な返事を投げる。

「木暮君もそういうとこちゃんと考えながら仕事回していかなきゃダメよ。聞いてる？」

「はい、勉強になります」

今度は幾分か余裕があったので、ちゃんと答えた。

まもなく左手前方に、五階建ての角ばったビルが現れる。僕の勤める、通信教材開発を主とした企業の本社。

入社当初はここで人生の新たなフェーズを迎えるのかと胸を躍らせた本社の建物も、最近では墓石のように見えてきた。少なくとも、そこそこの炎天下で外回りをしてきた社員二人を労りと共に出迎えてくれるような代物には見えない。

「大体、拠点同士がこんなに離れてちゃ、連携の取りようがねぇよな」

窓に肘を突きながら、水島先輩がぼやく。これは独り言なので返事不要であろうと判断する。

「聞いてる？」

「はい、そうですね」

違った。

狭い駐車スペースに車を押し込める。これで仕事は完了した。完了したが、終わったわけではない。

「お前、このまま昼休みぃけよ。俺、一回デスク寄っていくから」

水島先輩が言った。会社に着けば運転手はお役御免だ。

「はい、では失礼します」

僕は水島先輩がエントランスを通過し、エレベーターの中に消えるまで見届ける。

これで外回りの報告は、めでたく先輩の手柄になる。

今日、僕は何回「はい」と言ったか。それはもはや禅問答に等しい。

僕にとって「はい」は呼吸と同じだ。日々をつつがなく送るための、必要動作。他者とのコミュニケーションにいらぬ波風を立てないための方便。

当然ながら、全ての「はい」が本心に沿ったものというわけではない。むしろ本心に反した、いやそもそも自分の本心を顧みる前に条件反射で発する「はい」が大半を占めている。

こうした「はい」は全て嘘《うそ》である。しかしそれらは間違いなく日々の役に立っている。

嘘も方便とは、これ然《しか》り。

会社を離れ、コンビニに寄る。

昼飯用におにぎり二つと、麦茶。午後の事務作業に備えてフリスクを一つ。

狭い店内に周辺のオフィスからやって来たビジネスマンが密集する。レジから延びた列が、通路を一つ塞いでしまっている。僕はその列に加わり、更に店の窮屈さに加担する。

五分ほどかけてレジの前に到達。店員が僕の前の人にお釣りとレシートを渡したのを見て、僕はレジに向けて一歩踏み出した。

と、その時。スポーツキャップにグレーのツナギ姿をしたおじさんがレジの横の競馬新聞を手に取り、そのましれっとレジに向かう。

鮮やかな割り込みだ。

店員が、お客様、後ろにお並びくださいみたいなことを言いかけたのが見えたが、おじさんは「ごめんごめん、これだけだから」と言って新聞をレジに放る。そして列の先頭とレジの間の微妙な位置で立ち尽くす僕を一瞥《いちべつ》し、「いいよな、兄ちゃん」とついでのように言う。

「あ、はい」と僕は答える。

店員はそれ以上、何も言わなかった。


「木暮って、イエスマンだよね」

初めてそう言われたのは、高校生の頃だ。

どういう場面で言われたのかはよく覚えていない。授業のグループワークの中だったか、文化祭の準備中だったたか、部活の会議の中だったたか……言ってきた相手の顔すらも、もはや記憶にない。

ただその言葉は、それから現在に至るまでの自分の生き方を、何となく方向づけているような気がしている。

「もっとさ、自分を出してもいいんじゃないかな」

相手は続けてそう言った。それ以上会話が続いた覚えはないので、おそらく僕はそれに対して何も答えなかったのだろう。しかしその言葉は、僕に疑問を投げかけた。

……自分を出すって、何だ？

後から知ったのだが、大抵の人はそういうことを言われた時、自分を出すって何だ？ではなく、そんなに自分はイエスマンか？　という疑問を持つらしい。つまりその時既に、僕は自分がイエスマンであることを無意識に認めていたと言える。

子どもの頃から、素直さが取り柄だ。

親に逆らわず、教師に逆らわず、そして今は水島先輩に逆らわず、言われたことはとりあえずやる。授業で教わったことをその通り覚えれば、そこそこの成績を取れた。就活では面接官が言う事に対してとりあえず頷いていたら、内定を獲得。

そういう人ばかりじゃないという事実には、割と早い段階で気が付いた。

新聞の寄稿欄に、社会に対して疑問を投げかける記事を見つけた。インターンの集団討論で、他の人の意見に積極的に反対する人を見た。その場の流れや既存の常識にあえて逆らうことで、新しいものを見つけ出そうとする人。そういう人も含めて、社会はそこそこの秩序を保っているらしい。

ただ、自分はこのままでいいと思っていた。

僕は海へ向かう。

会社から十分ほど歩けば着く。防波堤で固められた、無機質な海岸線。海水浴場があるわけでも、波止場があるわけでもない、ただ蒼《あお》い水面と鈍色《にびいろ》のコンクリートが続いている場所。海に面したこの市内で、時間を持て余した人間が自然と足を運ぶ場所。

釣り人が二人ほど海面に竿《さお》を向けており、それがかろうじてこの場所に海としての役割を与えているように見える。

僕は海に背を向け、防波堤の一角の木陰がある場所に腰かけた。まだアスファルトほど日差しを吸収しきっていない防波堤は、なんとか座れるくらいの温度を保っている。

おにぎりのフィルムを開けながら、さっきのコンビニでの流れを回想しようとして、止《や》める。あえてこの混雑する時間帯に部下へ昼休みを与え、空《す》いた頃に時間差で昼休みを取ろうとする水島先輩のことを考えかけて、それも止める。どちらも脳のリソースを使う作業に思われたからだ。

フィルムはアンバランスに破れ、海苔《のり》の一部を奪っていった。


「君、『はい』しか言えないの?」

入社して三カ月ほど経った頃、そう言われた。

ミスをして叱られていたというわけではない。研修の一環で、業務上のトラブルが発生した際の対応についてデモンストレーションを行っていたところだ。

研修担当の先輩は、いわゆる〝イジり癖〟のある人だった。新人のちょっとした言動を取り上げてからかい、それによって場の雰囲気を盛り上げる、そういう手法を使う人だった。世間的にはそういう人を「ドS」と呼んである程度肯定する文化があるという事も、少し遅れて知った。

先輩は僕ら新人に向かってデモンストレーションをしつつ、時々ふいに話を振ってその反応を楽しんだ。「こういう種類のクレームはうちの拠点では対応できないから、メーカーの方に話を回してもらうんだよ。ねえ木暮君」といった具合だ。意見を求められているわけではないので、この場合のリアクションは「はい」一択だ。

そのうち先輩は僕の「はい」が妙にツボに入ったらしく、研修を進めながら頻繁に僕に話を振るようになった。そして僕から何度目かの「はい」を引き出した後、「君、『はい』しか言えないの？」と言った。

先輩の口調が明らかに冗談交じりであったのと、それに対して僕が「はい」と答えてしまったことで、それ以降僕は何に対してもとりあえず頷く新人、というキャラクターを与えられることになる。

〝キャラクター〟っていうのは便利な言葉だ。周囲からそういうキャラだと言い続けられると、それは自分に対する暗示になる。そして暗示はそのまま、現実になっていく。そう、反発や口答えは一切しなかったので、上司からは可愛《かわい》がられるようになった。そう、可愛がられるようになった。

追加のタスクを頼まれることが、他の同期より多くなる。荷物が多い時の外回りに、運転役として同行させられることが多くなる。

同期からは「重宝されてていいな」と言われた。その同期たちも入社後二年の間に異動になったり辞めたりして、今やこのオフィスにいるのは僕一人だ。

不当な扱いをされているわけではない。仕事はいくらでもある。人間関係に軋轢《あつれき》もない。

それなのに。

「……何だ」

この、漠然とした生きづらさは何だ。

もっと自分を出せと言われて、その意味が分からなかった。じゃあ僕には「自分」がないのか。

問題のない日々を送れているはずだ。じゃあなぜ僕は今、会社の休憩室で昼食をとっていないんだ。なぜ会社から離れるようにして、いつもこの防波堤に来るんだ。なぜさっきのコンビニでのやりとりを思い出すことに、水島先輩の顔を思い出すことに、脳のリソースを使うんだ。

なぜ僕は、「はい」と答えるんだ。

これらの疑問には「はい」では答えられない。だから僕はこれらに対する答えを持っていない。

防波堤に佇《たたず》む釣り人たちの竿は依然、動く気配がない。


静寂は突然破られた。

「よう、兄ちゃん！」

濁った大声と共に、隣に人の気配がする。

「はぃっ⁉」

僕は飛び上がって隣を見た。

スポーツキャップに、グレーのツナギ。白い顎ひげに欠けた歯をにやりと覗かせ、手には競馬新聞を携えている。

さっき、コンビニで割り込んできたおじさんだ。

「兄ちゃん、ここいいか？」

僕の返事を待たずに、おじさんは僕の隣に腰かける。

ここ以外にも木陰はありますよ。どちらかというとここは狭い方なので、あちらに行かれた方がいいのではないですか。あと貴方《あなた》さっき僕の前に割り込みましたが、覚えていらっしゃいますか。

「あ、はい」

頭の中を巡った言葉は、三文字になって口から出ていく。

「今日はよう、珍しく大穴に賭けてみてんのよ。単勝と複勝で五番のベストボーイ！　ここんとこ負け続きだったからそろそろ巻き返さねえとと思ってよ」

おじさんは手元の新聞を指で叩きながらまくし立てる。

競馬か。競馬の話をしているのか。おじさんはツナギのポケットから携帯ラジオを取り出し片耳にイヤホンをつけた後、別のポケットから煙草《たばこ》とライターを取り出した。吸うのか？

疑う間もなく、おじさんは煙草に火をつけた。一息吸って吐き出した後、思い出したように「あ、いいよな？」と許可を求めてくる。

「は、はい」

僕が頷いたので、おじさんは新聞に顔を戻し、構わず吸い続ける。

僕は黙っておにぎりの残りを麦茶で飲み下した。隣から流れてくる副流煙が鼻につく。もう一つのおにぎりを片付けたら、場所を変えよう。それまで静かにしていてくれるのであれば、別にいい。

……そう思ったのも束《つか》の間《ま》。おじさんはふいにこちらに顔を向ける。

「兄ちゃん、仕事中じゃねえのか？」

何？

「まあ、はい、そうですね」

「サボってんのか？　昼間から良くねえぞ」

違います。今、昼休みです。

「あ、はい」

「あ、はいじゃねえよ。給料貰《もら》ってんだろ？　ちゃんと働ける時に働いておかねえと後から苦労すんぞ」

……それは一体、誰の話ですか。

「こんなとこで油売ってんじゃないよ。早く会社戻れよ」

鼻をアルコールの匂いが掠《かす》めた。ああ、この人酔ってるのか。色々納得だ。

「はい、もう少ししたら戻ります」

「もう少しじゃねえよ。今すぐ戻るんだよ。会社へよ」

ああ、面倒臭い。

「返事は！」

「は、はい」

頼むから、もう絡まないでくれ。

「はいじゃねえだろ、イエスだろう⁉」

うるさい。

僕にもう関わるな。

脳内に溢《あふ》れるだけで、決してアウトプットできない言葉たちを、僕は勢いに任せて一言に込め、叩きつけた。

「イ、イエス！」

その瞬間、おじさんが消えた。

僕は目を瞬《しばた》いた。

一呼吸遅れて、おじさんだけでなく先程まで腰かけていた防波堤も消えていることに気が付く。そしておじさんに向けていたはずの視線の先に、見慣れた会社のエントランスが――。

僕は、会社にいた。

数秒、その場に立ち尽くす。

手には飲みかけの麦茶とおにぎりのフィルム、そして未《いま》だ手を付けていないおにぎりの入ったビニール袋が揺れている。

「…………？」

ついさっきまで話していたおじさんが消えた。

そして周りにあった防波堤も消え、代わりに見慣れた会社のエントランスが現れた。

僕はエントランスの外壁に触れてみた。ひんやりとした感触が指を伝う。幻ではない。

僕は防波堤から会社まで、瞬間移動したことになる。

「いやいや……」

そんな訳はない。

瞬間移動した……なぜそう感じるのかと言えば、防波堤から会社まで歩いて戻ってきた記憶がないからだ。記憶がないというだけで、実際に歩いていないということにはならない。

僕はエントランスに入った。受付の事務員は、丁度不在にしている。

エレベーターに乗り、オフィスのある階の一つ下のボタンを押す。業務再開まであと二十五分ほど。同じオフィスの社員に見つかるおそれのないトイレの個室で、残りの時間をやり過ごすことにする。

つまり、だ。僕は防波堤で酔ったおじさんに変な言いがかりをつけられ、きっと逃げるようにしてここまで戻ってきたのだ。周りも見えないほど、無我夢中で。

おじさんに絡まれたことによるショックがそうさせたのか、それとももっと前から積み重なっていた諸々《もろもろ》のフラストレーションがそうさせたのか分からないが、何にせよ記憶が飛ぶほど周りが見えなくなっていたというのはちょっと今まで経験がない。

クールダウンが必要だと判断した。主に精神面の。

そのために必要なのは、人のいない空間だ。

僕は滑り込むようにしてトイレの個室に入る。排泄《はいせつ》のための機能しかない部屋。他人が介入できるはずもなく、一人心を落ち着けるには最適な場所といえる。

あの防波堤、最近お気に入りの場所だったんだけどな……仕方ない、暫《しばら》く足を運ぶのは止めよう。あんな突発的に起こる災害のようなおじさんと再会を果たしたくはないし、それにこれからの季節、猛暑の中でわざわざ屋外での昼食にこだわる必要はない。そもそも片道十分ほどかかるし、冷静に考えれば最初から社内の人目に付かない場所で済ませてしまう方が合理的だったのだ。昼休みくらいは会社から離れたい一心でわざわざ遠くまで足を運んでいたが、正直言って、時間の浪費である。

安息の地を一つ失った事に対する言い訳が、イソップ童話の狐《きつね》の如《ごと》く並べられていく。

……いくつ並べても事実は変わらないのに、自分に対する言い訳が止まらないのはなぜだろう。

これに対する答えも、僕は持ち合わせていない。

◆　◆　◆

監視対象NO.1、座標指定による空間移動の発動を確認。本人による自覚なし。

迎合度、九十八・五％。相手の要求内容を正確かつ瞬時に把握。見ず知らずの他人からの高圧的な要求により高い負荷をかけた状態でも、難なく能力を発動。

残り二回ほど発動確認を行った後、周辺調査を実施、当監視対象への調査を終了する見込み。

報告を待たれたし。

◆　◆　◆

運命、因果、エトセトラ。いずれも僕は信じない。

従って、今僕が目の当たりにしているのは「偶然」だ。

午後七時過ぎ。オアシスを失った昼休みから、残業が長引いた午後を経て、僕は最寄り駅近くの路地に立っている。

その目線の先に、一つの人影があった。

それはとあるファストフード店の窓際の席。参考書を広げて勉強に勤《いそ》しむ学生、イヤホンをつけゲームに没頭する人、学校帰りと思《おぼ》しき女子高生……点々と席を埋めている人たちの中で、その人影は異様に際立って見える。

そこにいたのは、昼間のおじさんであった。

しかし僕が足を止めたのは、そこに昼間のおじさんがいたからではない。そのおじさんが昼間と全く違う様子だったからだ。

服装は変わらない。くたびれたスポーツキャップに、グレーのツナギ。ポケットにラジオやら煙草の箱やらを入れているからだろう、ツナギはあちこちが膨らんでいて全体的に着膨れしているかのようだ。

しかしそのおじさんは、競馬新聞を見ているわけでも、隣の人に絡みながら煙草を吸っているわけでもない。……目を疑うほどの勢いで、黒いノートPCのキーボードを叩いていたのだ。

一番小さいサイズのコーヒーのカップを傍らに置き、脇目も振らず画面に向かって何かを打ち込んでいる。その目は昼間のような焦点の定まらない目ではなく、自分が打ち込んだ文字列をほぼ同時並行でなぞり、精査しているような、どう見ても優秀なビジネスマンにしか見えない目付きだ。

昼間と服装を変えていたら、そのおじさんだとはとても気が付かなかっただろう。平日の昼間から酒気を帯び、コンビニの列に割り込み、知らない人に絡んでいたような人物にはとても思えない。

決して小さくはないトラウマを自分に植え付けた人物との再会。これだけならば取るべき行動は一つ……すぐにその場から去ることだ。

しかし、この変わりようは何だ。アルコールが抜けて我に返ったのか？　それに昼間会った時、おじさんは手荷物を一切持っていなかった。あのノートPCはどこから用意したんだ？　見るからに最新式の汚れ一つない代物で、どこかの廃棄物集積場から拝借してきたとも思えない。……そういった種々の疑問が、僕をその場に立ち止まらせていた。

そして、タイミングの妙と言うべきか、おじさんはおもむろにノートPCを閉じ、残ったコーヒーを飲み干すと、窓際の席を立った。

こちらに気が付かなかったのは幸いだ……まもなくおじさんは店の入り口から姿を現した。その手には黒い革製のビジネスバッグを携えており、その風体とのギャップが異様な存在感を生み出している。

おじさんはそのまま駅の脇の路地へ、吸い込まれるようにして向かっていく。

……なぜそうしようと思ったのか。トラウマとか合理性とか、そういうものが一時的に頭から除外されていたのか。或《ある》いは昼間から続いた小さなストレスの蓄積が正常な判断を妨げたのか。

気が付くと、僕の足はおじさんを追っていた。

微塵《みじん》もふらつくことのない、真っすぐな足取り。

路地の片側から差すビルの明かりと、もう片方を時折走り抜けていく列車の明かりが、暮れゆく初夏の夜の中でその人影を追うためのわずかな頼りだ。

追いかけた先にどんな結末が待っているのか、僕は全く想像できなかった。どこまで追うのかも決めていない。途中でおじさんが再び大通りに出てタクシーを拾えばそこまでだったと思うし、もし高架下に潜り込んで新聞紙を広げその上に寝転がったならばそういう人だったと判断し、それ以上関わろうとは思わなかったかもしれない。

しかしおじさんは大通りに出ることもなく、路上で突然宿をとることもなく、時折角を曲がっては更に細い路地へと入っていく。既に僕はこの場所からどうやって駅に戻るべきか算段がつかなくなっていた。

そして何度目かの曲がり角を経て、おじさんは行き止まりに当たった。

周囲三方を囲むビルから排水口がむき出しになっており、地面はまだらに濡《ぬ》れている。何かの資材と思しき段ボールが数枚無造作に置かれている以外は特に何もなく、その段ボールすら水に濡れて使い物にならなくなっている。

僕は行き止まりの手前の角で壁に張り付き、音だけでおじさんの様子を窺《うかが》う。ややあって、しわがれた声がした。

「お疲れ様です。先程お送りした報告書、届いておりますでしょうか」

誰かと連絡を取っている。声色こそ昼間と同じだが、しっかりとした口調だ。昼間は携帯を所持しているようには見えなかったが、あのバッグといい、一体どこから用意したのだろうか。

「……ありがとうございます。二回目の発動確認として、退社途中での接触を試みたのですが、遭遇予定時刻を過ぎても現れず……そうですね。明日に持ち越します。つきましては、可能であれば少し周辺調査をしてから切り上げたいと思いますので、一度戻していただけますでしょうか。この格好で歩き回るのはいささか支障がありますので。お願いします……イエス」

と、その時。

パシッという乾いた音と共に、微《かす》かな閃光《せんこう》が行き止まりの路地から漏れた。

……カメラのフラッシュか？

こんな路地裏で何を撮ったというのか。それに「発動確認」だの「周辺調査」だの、誰に何の報告をしているんだ。

疑問しか湧いてこない。今のところ、おじさんの昼間と今のギャップを埋めるに足るものは何一つ見つからなかった。

そうして無数の疑問に苛《さいな》まれた状況で正常な判断ができなかったのは、当然と言えば当然かもしれない。

僕はおじさんが路地を引き返して来るという可能性を、全く計算に入れていなかった。

靴音が近付いてきた時には、もう手遅れだった。おじさんがこちらに向かってきたことに気が付いた僕は弾《はじ》かれるように壁から離れ、隠れ場所ないしは逃走経路を探す。結果、いずれも見つからなかった。

路地のど真ん中で、万策尽きて立ち尽くした僕は、角を曲がってきたおじさんとめでたく対面することになった。

しかし、それは僕が尾行していたおじさんではなかった。

目の前に現れたのはスーツ姿の、細身の男だ。

カバンから靴に至るまで、全てを黒のビジネススタイルで統一した、サラリーマンのフリー素材写真のような服装。濃いワインレッドのネクタイだけが、その男に唯一の色彩を与えている。

四角い顔は完璧なまでの七三分けで整えられ、黒縁眼鏡がビルから漏れる明かりを反射し目線を隠している。

おそらく自分と同じくらいの年齢か、やや年上といったところだ。そこにはお世辞にも綺麗《きれい》とは言えない服装に身を包んだおじさんの面影は、どこにもない。

そしてそのスーツ姿の男は、僕の姿を視認するや否や、ぴたりと動きを止めた。

薄暗い路地。尾行していた者と、されていた者。沈黙の中で対峙《たいじ》する男二人。

「……えっと、その……」

僕はとりあえず口を開こうとしたが、あいにく言葉のストックが無かった。

所要時間、約五秒。先に動いたのはスーツの男の方だった。

男は顔をこちらに向けたまま、眉ひとつ動かさず右手でスーツの懐から携帯電話を取り出し、画面を見ずに操作した後、耳に当てる。

少しして、電話の向こうで誰かが出る気配があった。

「何度もすみません。先程ご連絡した件につきまして、たった今、監視対象と接触いたしました。……はい、そうなんですが、問題が一つ」

男はそこで、左手の小指で眼鏡を押し上げた。レンズの奥から、切れ長の眼《め》がこちらをじっと見つめている。

「バレました」


運命、因果、エトセトラ。いずれも僕は信じない。

従って、こうなったのは「偶然」だ。

偶然訪れた、数奇な出会い。頷くことしかできない僕を、「はい」の向こう側へ連れていく。

これは、「はい」しか言えない僕らがヒーローになる、そういう話。

◆◆◆

人に命ずる者、命ずる相手を軽んずること勿《なか》れ。

人は他者の命により、万事を為《な》す。

命じたる者の命を超え、万事を為す。


「私の愛読する詩集の冒頭であります」

男はウーロン茶のグラスを傾け、少しだけ口に含んだ。

カウンター席は僕らを含め、数名の客で埋まっている。いかにも安居酒屋といった雰囲気の照明が男の横顔に微妙な影を作っているため、表情が全く窺えない。そうでなくともこの男は先程出会った時から、寸分も表情を変える気配がなかった。

「こういう者です」

男がおもむろに名刺を差し出してきたため、僕は椅子の上で慌てて身体《からだ》を捻《ひね》り、左に座る男から受け取る。

グループ・ダイナミクス　琴原研究所

調査官　石畳

「いしだたみ……さん？　えっと、これは上のお名前……ですかね」

「石畳は勤務中のコードネームであります。本名ではありません。従って、石畳で一つの名前です」

「はぁ」

「…………」

「…………」

あ、本名教えてくれるわけじゃないんだ。

「あ、えっと僕は……」

「木暮慧さん」

僕が名刺を取り出すのを待たずに、石畳さんは言った。

「社会人二年目、二十五歳。勤務先及び現住所、ご実家も把握させていただいております」

何で？　怖い。

「……あの、僕に何か……」

「先程も申し上げた通り」

石畳さんは眼鏡を少し押し上げる。癖なのか。

「調査に協力していただきたいのです」

路地裏で見慣れぬ男と対峙した僕は、彼と電話越しの誰かのやりとりを為すすべなく見守っていた。

遡ること三十分前。

「……はい、申し訳ございません。参与観察における秘匿性が破られてしまった以上、正確なデータが得られないと思われますので、一旦この方は監視対象から外すとして、問題は」

頭上でギャア！という音が響き、僕は縮み上がる。複数の羽音。烏《からす》か。

「イエスマンについて知られてしまった恐れがあります」

知られてしまった……この言葉を聞いた瞬間、僕は自分が目の前の相手にとって不都合な存在であることを知った。

……消しますか？

そんな言葉を予想し、僕は震撼《しんかん》する。

「あ、あのっ、違くて！　尾《つ》けてきたとかじゃなくて、たまたま方向が一緒で！　あの本当、何も聞いてないんで！　それじゃ！」

言い終えるか終えないかのうちに、僕は踵《きびす》を返し逃走に転じた。

「所長」

背後で男の声がする。

「……イエス」

その瞬間、身体に衝撃が走った。

地面に倒れ込み顔を上げた僕は、衝撃の正体を知った……目の前に今まで無かったはずの巨大な壁がそびえ立っている。

唖然《あぜん》とする僕の背後で、男と電話相手との会話が続く。

「大丈夫です、引き留めました……はい……はい？　……引き込む。はい……ファシリテーター、ですか。……なるほど……伺ってみます」

そこで男は携帯を下ろし、こちらに歩み寄って来るではないか。

……消される！

「ちょ、あの、本当に」

僕は今しがた衝突した壁を背に、命乞いの準備をした。

男は僕の前に立ち、僕に向かって……きっちり九十度のお辞儀をした。

「失礼いたしました。突然のことでご混乱の最中《さなか》とは存じますが、一つご依頼したいことがございます」

ゴイライ。……ご依頼。つまり、お願い。

思いがけず下手《したて》に出られ、僕は面食らう。

「今から少々、お時間よろしいでしょうか」

「は、あの、はい」

男は顔を上げ、再び携帯を耳に当てる。

「ご承諾いただきました。……ひとまず、ご説明の。……はい。とりあえず私の方からお話しさせていただきます。よろしくお願いします。……あ、あと壁、元に戻してください」

そして男は僕の背後を阻む壁を見据え、

「イエス」

と一言放った。

その瞬間、壁は跡形もなく消え去った。

「我々はグループ・ダイナミクス……いわゆる『集団力学』を研究しております」

路地を先程と同じく迷いのない足取りで引き返し、駅前の居酒屋に僕を招じ入れた後、その男……石畳さんは話し始めた。冷静に考えればこんな素性の知れないセールスマンのような風体の相手に付いていきて話を聞く義理はないが、こちらにも尾行していたという後ろめたさがある手前、逆らえなかった。……そうでなかったとしても多分、逆らえなかっただろう。僕の場合は。

「元々は集団における人間の意思決定の極性化についてフィールドワークを実施しながら研究する団体です。……具体的に言いますと、個々人の意見よりも集団における意思決定で出された結論の方が、より極端な方向に偏る傾向があると一般的に言われているのですが、そのメカニズムと原因について明らかにするための研究所でした。一大学の研究室から独立した、小規模なチームであります」

カウンターに置かれたコップの氷が、カランと音を立ててウーロン茶の中に沈んだ。中途半端に冷房の利いた店内には、生温《なまぬる》い空気が充満している。

「今のところ、集団極性化現象の原因自体はある程度明らかになっております。一つは、集団内での議論において他者の意見に接することで、いつの間にか個人の意見が変容する事。また一つは、集団内においてより望ましいとされる立場を誰もが無意識のうちに取ろうとする事。他にも、たとえ集団として極端な結論を出した場合でもその責任及びリスクは集団の構成員同士で分散されるため、極端な意見を出すことに対する躊躇《ためら》いが無くなるとする説もあります」

「はぁ」

石畳さんは前もって用意していたかのように、空《くう》を見ながら淀《よど》みなく話し続ける。すごい。一ミリも分からない。

「つまり、基本的に人は集団の中で相手の言う事、周囲の言う事に対し空気を読もうとします。それが集団極性化の、ひいてはグループ・ダイナミクスにおける事象の大半に影響を与えているというのが、従来の通説でありました」

元々は。ありました。やけに過去形が目立つ石畳さんの講義を、僕は話半分に聞いている。もはや相槌《あいづち》すら打てない。

「ですが、そうではないことが判明いたしました」

お通しの塩だれキャベツが来た。明らかに重要なフェーズに入った話の腰を折るのも躊躇われ、かといってここで箸を付けずに放置するのが果たして正しいものかと逡巡《しゆんじゆん》しているところ、

「どうぞ、召し上がりながらお聞きください」

先に勧められてしまった。社会人としての心遣いという点で、何枚も上をいかれている。

「……ある時我々は集団実験を行いました。特殊なセンサーで参加者の脳活動を領域別に逐一記録しつつ、その状態で一定のテーマに基づき討論を行ってもらうというものです。従来の仮説が正しければ、空気を読むという行為には相手への〝共感〟が伴いますから、共感を司《つかさど》る脳領域が活性化すると思われました。もし別の脳領域が活性化した

場合は、それに基づいてまた新たな仮説を立てる……そのような趣旨の実験でありました」

ぽりぽり。

「結果から申し上げますと、仮説通り、討論に参加したメンバーの大半は意見の交換中、他者の意見に対し強い共感を示しました。集団極性化現象も、有意な確率で見られました。……ですがその中で、討論に参加したメンバーの中のごく少数において、予想されなかった脳活動が確認されました」

ぽりぽりぽりぽり。

「脳のどの領域も活性化していなかったのです」

僕は箸を置いた。自分の咀嚼《そしゃく》音《おん》が邪魔で、話が入ってこない。

石畳さんはそこで、切れ長の目をこちらに向ける。

「つまりその参加者は、他のメンバーの意見に対し共感するわけでもなく、ただ機械的に周囲の決定を受け入れていました。ただ、これだけなら単に実験への参加モチベーションが低かったということで説明が付きます。……ここまではよろしいでしょうか」

「あ、はい。……あの、でも多分それは」

モチベーションが低かったから、というより。

「お察しの通り」

石畳さんは頷く。

「討論の後、グループとしての結論をポスター形式でまとめるという二次課題を設定したのですが、その段階になって興味深い事象が見られました。先程の参加者がグループに対し著しい貢献を見せたのです。要点を的確にまとめ、視覚効果を踏まえて図表を配置し、またグループによっては発表まで完璧にこなしたケースもありました。このことから、どうやらこの参加者は課題へのモチベーションが低かったわけではないと思われました」

そうだ。僕はそういう人間を知っている。

「実験終了後、そのような参加者に対し二つ質問をしました。一つは、なぜ討論中黙って周りに迎合していたのか。もう一つは、なぜ二次課題の段階になって精力的に課題に参加したのか。……参加者によって多少の違いはありましたが、答えは概ねこうでした。前者の質問に対しては、〝そうした方がいいと思ったから〟。そして後者に対しては」

同時に、口が自然と動いた。

「『やれと言われたから』」

僕の発した答えが、石畳さんの言葉と重なる。

「……そう、そうなんですよ」

僕は思わず言葉を続ける。今まで理解できない領域で進んでいた話が、急に身に覚えのあるところまで降りてきたのを感じた。

「常に自分の意見を持てだとか、自分で考えて工夫しろだとか、そういうのよく言いますけど、それって一面でしかないじゃないですか。他人から言われたことをその通りこなせるのだって、一つの能力だと思うんです。……っていうのは、日頃思ってたりすることなんですけど……」

石畳さんは眉ひとつ動かさず頷く。

「その後、集団極性化についての研究は一段落しました。それと入れ替わりに我々琴原研究所は、研究対象を変更いたしました。……即《すなわ》ち、『他者への迎合』であります」

海の上に、曇った夜空が横たわっている。

前を歩く石畳さんは、ほとんどこちらを振り返らない。

さっきまでいた生温い店内に比べれば、この防波堤は随分と涼しかった。潮風が絶えず頬を撫《な》で、コンクリートに打ち付ける波音が耳に心地よい。

夏の夜を楽しむのには適した場所であるが、僕は石畳さんがここに僕を連れてきた理由をいまいち測りかねていた。

「調査にご協力いただきたいのです」

三十分ほど前、居酒屋のカウンター席で、石畳さんは言った。

「我々は日常生活において、他者への迎合度が極めて高い人々の調査を行っております。そのような人々がどの程度他者に迎合するのか、またそれに基づいてどの程度行動できるのか。調査対象の方々には調査を行っていることをお伝えせず、可能な限り自然な行動の様子を記録することを目的とします。……とはいっても我々が観察対象とするシチュエーションは日常生活のレベルではやや起こりにくい場合もありますので、必要に応じて身分を隠しつつ調査対象の方々と接触する場合もございます」

料理にほとんど手を付けず、石畳さんは淡々と話す。おかげで僕も箸を動かしづらい。

「そういった調査対象の方との接触には、ある程度のスキルと専門性が求められます。そこで木暮慧さん、貴方に〝専門家《ファシリテーター》〟という形で調査へのご協力をお願いしたく、お話をさせていただきました」

専門性、って。

「……いや僕、何のスキルも専門性も持ってないと思うんですけど……」

「ご自身では気付かれていないようですが」

そこで石畳さんは、暫くぶりにコップを傾ける。

「貴方には力があります。極めて特殊な力が」

そこまで説明すると、石畳さんはおもむろに箸を取り、料理に向き直った。

「ここから先は、場所を変えてご説明いたします」

だからさっさとこれらを片付けよう、ということか。

彼にとって食事は、こなすべきタスクでしかないらしい。


そうして店を出た僕は、石畳さんに連れられここへ来ている。

店では石畳さんと同じくアルコールは入れなかったが、既に僕は自分の頭が正常に機能していないような気がしていた。

そもそも、石畳さんの説明してくれたことは半分も理解できない。専門性の高い言葉を並べて聞き手の思考をストップさせ、怪しい商法に勧誘するという詐欺の常套《じょうとう》手段があるのを聞いたことがあるが、それにしては態度が機械的すぎる。もっとこちらの心に取り入って来るような姿勢を取るはずだ。

現時点でのこの人の印象は、言葉遣いこそ丁寧なものの、無愛想の一言だ。こちらを騙《だま》す目的があるようには見えなかった。だとするとますますこの人が僕を何に誘おうとしているのか、皆目見当がつかない。

第一、疑問がありすぎる。この人はかなり詳細な僕の個人情報を手に入れているようだったけれど、研究目的とはいえ民間団体にそんなことができるものなのか？　この人が言っている「力」ってなんのことだ？

それに、一番気にかかっていることがまだ分かっていない……僕が路地裏で聞いた会話は何だったんだ？　昼間のおじさんとこの人はどういう関係なんだ？　さっき急に壁が目の前に現れたのは何だったんだ？

いつもと同じだ。頭の中が疑問で充満する。自分では答えを出せないのに、脳内の疑問符が尽きない。

「それでは」

いつの間にか立ち止まってこちらを振り向いていた石畳さんと衝突しそうになり、僕は慌てて足を止めた。

「命じてください」

数秒、沈黙。

「……ランプの魔人、的な？」

「いえ、願いを仰《おっしゃ》っていただきたいのではありません。命じていただきたいのです」

僕は身構えた。……やっぱりこの人、ちょっと危ない系の人か？

「ご自身にどのような力が？　……とお思いでしょう。ご説明してもご理解いただけないと思いますので、お見せいたします。そのために人目に付かないこちらの場所までお連れいたしました。私に何か、何でも構いません。命じてください」

「命じてください、って言われても……」

「先程、裏路地で突然壁が現れませんでしたか？」

僕は言葉に詰まる。

「私の上司が、壁で貴方を引き留めるよう命じました。なので私はそれに従いました。命じていただければ、大抵のことは可能です」

石畳さんは先程と変わらず、全く表情の窺えない顔でこちらを見ている。ここへ来て急に冗談を言い出したようには見えない。

かといって、夜の防波堤で得体の知れない男に命令を促されているというこの奇妙な状況を早く終わらせたいという気持ちも、確実にあった。

「……じゃあ、空でも飛んでみてください」

僕は軽い溜息《ためいき》と共に、石畳さんに向かって言う。

「どのようにでしょう？」

「はい？」

「空を飛ぶにしても色々な形態が考えられます。どのようなイメージをお持ちでしょうか」

「イメージって……こう、その場で空中に、ふわっと……」

「宙に浮く形ですね。であれば厳密には飛ぶというより、上昇気流に乗るようなイメージでよろしいでしょうか」

いやにディテールにこだわるな。

「あ、はい。そういう感じでいいです」

流石《さすが》に少し面倒になって、投げやりにそう答えた時だった。

「イエス」

石畳さんが一言発すると同時に、突然視界が乱れる。

それが突風によるものだと気付くのに、数秒かかった。

凄《すさ》まじい風が防波堤の細かな砂利を巻き上げ、僕の顔に叩きつける。

「うわっ⁉」

突然の出来事に僕は腕で顔を覆った。海風にしては強すぎる。まるで近くで巨大なプロペラが起動したかのような勢いだ。

「い、石畳さん？　大丈夫ですか？」

僕は腕の隙間から前方を窺う。しかしそこに石畳さんの姿はない。

「こちらです」

声がしたのは、頭上からだった。

僕は空を見上げ、唖然とする。

地面から三メートルほどの上空に、彼は浮いていた。

初夏の夜空を背に、中途半端な半月に照らされ、彼は浮いていた。彼を中心に渦を巻く風が、まるで彼を空中で支えているかのようだった。

「貴方は、ご自分のことをどのような人間だとお思いですか」

石畳さんはゆっくりと高度を下げながら、僕に話しかける。

「人に言われないと何もできない人間。それとも、人に言われれば何でもできる人間。どちらを志すかで、貴方の人生は変わります。他の多くの人間と同じように、そしてかつての私と同じように」

乾いたコンクリートの上に、彼は静かに着地する。

「迎合性対人夢想症候群」

彼はゆっくりと、正確な発言でそれを告げた。

「他者の発言に対し『イエス』と一言発するだけで、その言葉を実現させることができる特異体質です。貴方にも、同じ能力があります。私が昼に姿を変えて貴方と接触したのも、先程裏路地に壁を作り出したのも、また貴方がこの防波堤から会社まで一瞬で移動したのもこの能力によるものです」

次々と並べられる事実の山に、頭がくらくらする。

他人の発言を実現できる。空を飛んだり、姿を変えたり、そこにないものを生み出したり。同じ事が自分にもできる。特異体質。昼間のおじさん。目の前の男。路地裏の壁。

……そして、今ここに立っている自分。

「上の立場の人間に従う事が良しとされる現代社会。貴方のように日常的に他者に迎合し、その結果このような能力を発現させた人間が世間には一定数存在する事が判明しています。我々の目的はそのような人々の能力の詳細と周囲への影響の調査、そしてもし必要であれば……監視です。このような能力を持った人間を、我々は〝イエスマン〟と呼んでいます」

イエスマン。……迎合者。

「イエスマンの調査には同じ能力を持った人間が最適です。本来、私一人で行う予定でしたが、お察しの通り事情が変わりました」

事情。つまり、僕がそれを知ってしまったこと。

石畳さんが巻き起こした風の名残が、僕の顔を撫でる。

「自分はなぜ他者に従うのか。なぜ他者から命じられるのか。それが自分の本当の価値なのか。……こうした疑問をお持ちではありませんか？　今回の調査への協力が、貴方がその答えを見出《みいだ》すための一助となりうるのではないかと、私は思います。……これは研究所としての見解ではなく、私個人の意見でありますが」

私個人の、という部分に、石畳さんは若干力を込めているように見えた。

そこで僕は察した。石畳さんは少なからず、僕を「自分と同じ立場の人間」として誘っているのだという事を。

だとしたら、たった今石畳さんが並べた種々の疑問は、僕の考えていることを推し量ったものではなく、むしろ……。

「木暮慧さん。……同じ〝イエスマン〟として、調査にご協力をお願いいたします」

潮風をまとったイエスマンは、僕に向かってそう告げた。


早朝のオフィスは、気だるげに回っていた。

換気扇の音。固定電話の着信音。狭いオフィスに朝日が差し込んで、カーペットから立ち上る細かい埃《ほこり》に反射している。それを散らすようにして窓際を横切った時、ほんの少しだけ背徳感が胸を掠めた。

背徳感……久しく感じていなかった気持ちだ。

「有休!」

僕の出した申請書を見て、人事部長が大げさに驚く。

「変な時期に取るねぇ。しかもまとめて。担当の件、今立て込んでるんじゃなかった? 大丈夫なの?」

小さなオフィスなので、この程度の会話でもフロア中に丸聞こえだ。僕はちらっと背後のパーティションに目をやりつつ答える。

「すみません、ちょっと私用で」

「いや別にいいんだよ。いいんだけどさ。珍しいなと思って。いいんだけどね。承りましたっと」

……いいなら騒ぐなよ。

僕は細《ささ》やかに口答えした。心の中で。

デスクに戻ると、水島先輩が待ち構えていたようににやにやしながら近付いてきた。

「木暮君、有休取るんだって？」

「あ、はい」

「大丈夫？　今立て込んでるんだから、中途半端な時期に抜けられると困るよ？　ちゃんと一段落つけてから有休入りしてね。頼むよ」

部長のコピペかってくらい同じ趣旨の言葉をだらだらと投げかけてくる。先輩、手止まってますよ。もうタイムカード押したなら、早く仕事に入ったらいいんじゃないですか……思うだけ。決して言わない。

「できる限り頑張ります」

「あ、じゃあさ」

先輩は一瞬自分のデスクに引っ込んだ後、片手でギリギリ持てるくらいの厚さの書類の束を持って戻ってくる。

「これ、期限今日までなの。悪いんだけどリスト見て顧客の名前チェックして会社印押しておいてくれないかな。こっちはこっちで処理しておかないといけないものあるから、分担作戦ということで」

　そう言って書類の束を机の上に置く。分担作戦。負担を分け合うという意味の言葉だがこの場合、先輩の負担を減らし僕の負担は増えているわけなので、厳密には分担ではなく押し付けである。

「悪いね。ぱぱっと終わらせちゃって。それ十秒で終わらせてくれたら、先輩権限で今日から有休でいいから」

　冗談めいた口調で言った後、水島先輩はデスクから離れていった。

　僕は先輩が十分に離れ、周りの社員も見ていない事を確認した後、小さな声で呟《つぶや》く。

「……イエス」

　その途端、二百枚はあろうかと思われる書類の束がひとりでにめくられ始めた。

　ぱららら！　という音と共に凄まじい勢いでめくられていく書類に目を凝らすと、一枚ごとに朱色の会社印が浮かび上がり、それがめくられるとまた次の書類に印が浮かび……と、朱肉も印も出していないにもかかわらず先輩から承った作業が自動的に、ありえない速度で遂行されていく。

　そうこうするうちに書類全てに印が渡り、一番下に置かれていた顧客リストが現れた。リストの横には一つの抜けもなくチェックの印が振られている。

　時間にして、およそ十秒のことだった。

僕は机の上の書類をまじまじと見つめる。本当だった。相手の発言に対して「イエス」と返せば、それが現実になる。先輩の無茶振りに対し咄嗟《とっさ》に思いついて試してみたが、これで自分に石畳さんと同じ能力があるということを確信した。

石畳さんと出会って四日。

あの日、防波堤で彼が言った言葉を思い出す。

――〝イエスマン〟は自分一人では能力を発揮できません。しかし相手の言葉を誘導し、うまく発言を引き出すことで、あらゆることを可能にする超人的な力を持つのです。これを無能ととるか万能ととるかは、貴方次第です。

無能か万能か。その判断は今のところ、僕にとってはどうでも良い。ただ、イエスマンと呼ばれていた自分に、それを裏付ける力があったということが重要だった。

正直言うと、複雑な気持ちだ。人から指示されることで能力を発揮するなんて、まるで自分が「指示待ち人間」であることが決定づけられたような気がして。アニメやコミックに登場する、超能力を持ったスーパーヒーローとは随分イメージが違う。〝イエスマン〟なんて呼び方も、石畳さんや僕のような人間からしたらほぼ自虐じゃないか。

本来ならこう思っていただろう。しかし石畳さんは最後に、こう付け加えた。

――私は、追従することが自分の価値であるとは思っていません。

この力を持ったのは、他者に追従するためではなく、むしろ私という人間の自主性において大きな意味を持つものと思っています。

イエスマンは、ただ他者の命令を遂行する存在ではありません。受け入れたくない命令は拒否する自由を持ちます。逆に言えば命ずる側は、イエスマンが自分の発言に頷かなければそれを実現させることができないのです。

更には、相手の言葉を誘導し、発言を引き出すことで、イエスマン自身が望む事柄の実現すら可能になります。

他者の命令により、何でもできる。……学術的定義としてこうしたご説明をしておりますが、私はこの力を「自分の意思で、何でもできる」力であると考えております。

以上が、私個人の見解です。……貴方はどうですか？

堅苦しく、妙に詩的な口調で、石畳さんは言った。

その時思った。この人は、僕が抱えているのと同じ生きづらさや疑問を持っている人であるということ。そしておそらく、それに対する答えを自分の中で既に出した人であるということ。

この人は「先輩」だ。会社とかで言うような、身分上の「先輩」ではない。人の言葉に対し反射的に頷いてしまうタイプの人間として。「自分」がないなんて周りに言われて、本当に自分を見失ってしまいそうなタイプの人間として。

そして、そんな自分を変えたいと思う人間として。

だから最後にもう一度、石畳さんからファシリテーターとしての調査協力を依頼された時、僕は答えた。反射でなく、きちんと自分の頭を経由して。

「イエス」と。


僕は書類を抱え、水島先輩のデスクへ向かう。

「先輩」

「ん？　どうした？　リストは一番下にあるぞ」

僕は黙って書類の束を先輩に差し出す。先輩は怪訝《けげん》な顔をして書類に目を通し、二、三枚めくったところで状況を理解したらしく「あれ？」と素っ頓狂な声を出して、書類全体を確認し始める。全ての書類に印が押され、おまけにチェックも済んでいることを確認した先輩は、なんとも滑稽な目をした後、取り繕うように言った。

「ごめんごめん。この書類、もう処理済みだったみたいだな。まだやってないと思って渡しちゃった。いやぁ俺、いつの間にやっておいたんだろう。やってあるならいいや、ありがとう」

僕は何も言わずに頷く。まあ、そういう反応になるだろう。自分が言った言葉を鵜呑《うの》みにして部下が仕事を十秒で終わらせたなんて、起こりうるはずがない。自分がいつの間にか済ませていたと思い込むのが普通だ。

そのまま去ろうかと思ったが、僕は一言だけ先輩に伝えておく。

「先輩」

「ん？」

「有休はちゃんと申請した日から取るんで、ご心配なく」

そう言うと僕は、自分のデスクに戻った。

初めて人に嫌味を言った。

なんだろう。悪くない。

【雇用形態】一時雇用
【業務内容】迎合性対人夢想症候群を有する監視対象の観察、及び周辺調査
【雇用期間】一週間
【詳細】当研究所の調査官と協力して行う。監視対象は全部で四人、それぞれについ

て一〜二日の調査期間を設ける。調査に伴い、監視対象と同じ能力を有する立場としてファシリテーターを務め、調査官の補佐及び助言を行うこと。調査期間の調整及び調査中の能力の行使については、調査官の指示を仰ぐこととする。

【備考】常時における当研究所との連絡は調査官を介して行うものとする。

【報酬】別途記載

一週間後。

僕は喫茶店のテーブルで、送られてきた説明書を眺めている。初見ではない。石畳さんに調査協力の依頼をされた翌々日、家に届いたものだ。

住所を把握されているというのは正直、微妙な気分だが、考えてみればそれも石畳さんの能力で割り出したのだろう。だとすれば防ぎようがないし、それに今となっては自分も同じ能力を持っているという事実がある以上、僕からは何も言えない。

調査協力をすることになった後、一度だけ石畳さんに詳しい説明を受けた。有休申請を出した二日後のことだ。

どこかで会うのかと思っていたらビデオ通話での説明だった。お互い瞬間移動できるのになぜ遠隔なんですかと聞いたら、仕事が立て込んでおりまして作業しながらのご説明になりますので、この方が合理的と判断いたしました、と台本でも読み上げるような答えが返ってきた。実際、説明の間、石畳さんのマイクからは猛烈な速さでキーボードを打つ音が聞こえていた。その仕事も能力で終わらせられるんじゃないですかと聞くと、自分で終わらせたい仕事もあるのですと言われた。色々と融通の利かない人だ。

「調査開始前に、ご自身の能力について正確に把握していただく必要があるため、今回ご説明いたします」

　石畳さんは語り始める。

「まず前提として、我々の能力は誰かの発言に対し『イエス』と答えることで発動します。『はい』や『分かりました』などでは発動しません。発言はイエスマンに向けられたものである必要があり、相手の独り言や、違う相手に対して掛けられた言葉、また録音した自分の声などでは発動できません」

「なぜ『イエス』以外だと発動しないんですか？」

「まだ研究途中ですのであくまで仮説ですが、能力発動にはイエスマンが相手の発言に対し、明確な同意を示す必要があるためだと考えられています。例えば『はい』は同意以外にも単純な相槌など、日常生活で様々な意味を持って使われます。『イエス』に比べて使用頻度も圧倒的に高い。それによって『はい』という言葉の持つ〝同意〟としての価値は極めて薄く、そのために能力発動のトリガーとならないのではないかと思われます」

分かったような、分からないような。

「……まあ、とりあえず他人の言葉に対して『イエス』と言えば何でもできるわけですね？」

「それについてですが、厳密には『何でも』できるわけではありません」

石畳さんは右手で眼鏡を押し上げた。その間も左手はせわしなくキーボードを叩く。器用だ。

「イエスマンが実現できる内容は、イエスマン自身が明確にイメージできる事柄に限ります。そのためイエスマンに対する指示は具体性と正確性を持ったものである必要があり、またそれによってイエスマンが自分のするべき事をしっかりと自覚して初めて、能力の発動が可能になります。……防波堤で能力をお見せした際の事を覚えていらっしゃいますか？」

「あ、はい」

「あの時の木暮さんの指示は『空を飛べ』というものでした。少なくとも私のイメージでは空を飛ぶという行為には複数のパターンが存在しており、翼を生成して飛翔《ひしょう》すればいいのか、ただその場で浮遊すればいいのか明確ではなかったため、詳細なイメージを求めました。迎合性対人夢想症候群の『夢想』というのは、能力の発動内容が当人のイメージに依存していることから付けられたものです」

なるほど。……今の説明を踏まえると、指示さえすれば背中から羽根を生やして飛ぶことも可能ではあるようだ。

「ついでに申し上げますと、貴方に路地裏での会話を聞かれた時、貴方を引き入れることになったのもそれが原因です。具体的には、『貴方の記憶を消して路地裏での会話を無かったことにする』という措置ができなかったことです。なぜなら貴方が会話をどれくらい聞いてしまったのか、そこからイエスマンについてどの程度の事を察したのか、私には判断がつかないからです。消すべき記憶のイメージがなければ、記憶を消すことは不可能です」

記憶を消す、という物騒なフレーズを事もなげに出され、肝が冷える。

「我々の能力についての大まかな定義は以上です。ご不明な点などございますか」

「えっと……質問というか、一つ根本的な疑問なんですけど」

「はい」

「イエスマンの能力がイメージに依存しているっていっても、指示する人間がちゃんと正確な指示を出せれば、ぶっちゃけ何でもできるのとほぼ同じじゃないですか」

「そういった見方もできますね」

「それで、イエスマンは世間に一定数確認されてるんですよね」

「ごく少数ではありますが、今回の監視対象を含め国内に十数名ほど確認されております」

「そんな能力を持った人間がいて、なぜ世間が混乱しないんでしょうか？」

石畳さんは頷く。想定済みの質問だったようだ。

「一言で言うと、世間を混乱させられるほどの条件が揃《そろ》っていない為《ため》でしょう」

「条件、というと」

「主に三つあります。まず一つは、世間を混乱に陥れるような内容の発言を他者から引き出すのが難しいこと。この現代社会において、常識では説明がつかないような事象は人間の意識から排除され、たとえそれが目の前で起こったとしても簡単に認められる人は少ないでしょう」

「なるほど」

先日、職場で能力を試して頼まれた仕事を一瞬で片付けた時も、先輩は自分の勘違いだと思い込んでいた。

「例えば極端な話、あるイエスマンが世界の滅亡を望んでいたとして、そのためには誰かから『世界を滅亡させろ』と言ってもらう必要があります。……そのようなことを身近な人に頼めますか？」

「ちょっと頼めないですね。普通に心配されて終わりな気がします」

「それが一つ。二つ目はやはり先程申し上げた、イエスマンのイメージに依存しています。仮に『世界を滅亡させろ』と誰かに言ってもらえたとして、一体どうすればいいのでしょう？　隕石《いんせき》を落としますか？　地殻変動を起こしますか？　いつ？　どれくらいの規模で？　イエスマンへの指示が大規模なものであるほど、そういった詳細な指定が必要になります。そんな面倒なオーダーを他者から引き出すのは、さぞ大変でしょう」

「なるほど」

「そして三つ目、まあこれが一番の理由かと思いますが……イエスマンが自身の能力に気が付いていない」

「……ああ」

納得。身に覚えがある。

「まあそもそもイエスマン自体がごく少数の存在ですので、イエスマンになった人々が、たまたま能力を悪用していないというのが現状でしょう。要は確率論の問題です。ですが」

画面の向こうで石畳さんがエンターキーを強く叩いた……ような気配がした。

「それを確率論の問題でなくするのが我々の仕事です。イエスマンが能力を確実に正しく使えるようにする。どのような形であれ超人的な能力を持った人間は、それを正しく使う義務があります。我々の任務は、イエスマンとその能力及び能力行使が及ぼす影響を調査するのみならず、悪用を防ぐことでもあります。イエスマンとなった人物のパーソナリティを判断し、能力の使用状況を確かめ、場合によっては……相応の措置を取ります」

そこで石畳さんは言葉を切る。

「木暮さん、これでご理解いただけましたでしょうか。我々の調査する能力がいかに危うさを秘めたものであるかを。そして我々もまた同じ能力を有しているということを。……ご自分がもう、軽々しく他者の発言に頷いていい立場ではないということを」

その言葉は、妙なリアルさを持って僕の脳に届いた。……冗談でも現実にしてしまえる。正しく使えれば問題はないが、使いどころを間違えれば……。

石畳さんは画面越しに僕の目を見据え、こう締め括《くく》った。

「ご留意ください。貴方の能力は、必ず貴方自身の正しい意思に基づいて使われるべきであるという事を」

ふいに、携帯が鳴る。

僕は我に返り、慌ててコーヒーのカップを片付け、店を出た。電話を取ると、いつもの角ばった声が耳に届く。

「おはようございます。本日からよろしくお願いいたします。早速ですが、準備はよろしいでしょうか」

「あ、すみません、今場所を変えるので、少々お待ちを」

僕はカフェの前を離れ、大通りを二本ほど外れた路地裏に入った。能力を使用する際は可能な限り人目を避けるようにと、石畳さんの指示だ。

「……はい、大丈夫です。よろしくお願いします」

「よろしいでしょうか。では只今《ただいま》から、監視対象NO．2の調査に向かいます。場所は……」

僕は告げられた場所を脳内でイメージする。この場所との位置関係。大まかな距離感。うん、大丈夫。イメージできる。

「……それでは、ファシリテーター木暮」

「何ですかその呼び方」

「便宜上の呼称です。ファシリテーター木暮、指示された場所へ飛んでください」

僕は息を吸った。

目の前にあるのは、路地裏のくすんだ壁と室外機、そしてコンクリートブロック。石畳さんを追って辿り着いたあの路地に引けをとらない、さびれた空間。でも僕はそこで、確実に今までとは違う方向へ舵《かじ》を切った。自分という人間の舵を。

人に言われないと、何もできない人間。
人に言われれば、何でもできる人間。
自分という人間の価値は何なのか、確かめてみせる。
僕は電話越しの石畳さんに向かって、短く一言放つ。
「イエス」
その瞬間、目の前の景色が消えた。

Ⅱ　黄昏《たそがれ》のイエスマン

「はい、お疲れ様でした。では各自報告いきまーす」

演劇部の部室でホワイトボードの前に立った部長が皆を見渡す。

ホワイトボードに書かれているのは、今回の「報告」とは関係のない内容。もう二カ月ほどそのままの文面だ。これは、「部室で練習の反省会をしている」という体裁を装うために必要な小道具である。

「じゃあまず階段班から」

「はーい、西階段は誰も通ってないでーす。東階段は五時十分くらいに化学の真島《まじま》が下りていきました。絡まれてキモかったでーす」

皆が爆笑する。女子しかいないこの部では、声の平均周波数は極めて高い。甲高い笑い声で窓枠が一瞬震えるようにさえ見える。

「それでは教室班」

「はい。二年A組では私と、あと男子が二人ゲームしてました。ゲームに夢中だったのでその二人は廊下は見てないと思います。廊下は五時十二分に剣道部っぽい男子が西方向と、あと二十分頃に生徒会の……なんだっけ、なんか太めの奴《やつ》が、東方向」

「ああ、古川《ふるかわ》ね。あいつは生徒会の中でも浮いてるから……そうだね、今回はそいつに、しようか」

報告した二年の先輩がクスクス笑う。そいつにしようか。何を、とは決して言わないが、これはもはや隠語だ。この場にいる全員が、その意味を理解している。

「こっちはそんな感じです。反対側の一年C組は、由樹《ゆき》ちゃん」

「はい」

私は返事をする。

「教室内は私だけでした。廊下は先輩と同じです」

事実だけを伝える。事実を伝えているだけ。何もやましいことはない。

「はい、ありがとう。じゃあ更衣室班は私から。廊下は教室班の二人と同じです。特に報告する点は……ないかな。原状復帰も大丈夫です」

報告する点がない、ということはつまり、目的を達成したということだ。

「じゃあ最後に、職員室班」

「はいっ。職員室は原田《はらだ》とALTの先生、それから少しして真島が戻ってきました。原田は落ちてた財布届けたら、ありがとう、君たちは生徒の鑑《かがみ》だなんて感激してました。

要は、いつも通りでーす」

「生活指導担当なら、もうちょっと察しろよな」

誰かが言い、またクスクスと笑いが広がる。

「はい、ではこれで報告を終わります。誰か連絡事項ある？　ない？　ないね。じゃあ今日はこれで締めまーす。お疲れ様でした。アンド、打ち上げ行きまーす」

はーい、という軽い声が上がり、先輩たちは教室を撤収し始める。

これから打ち上げだ。放課後、実際の教室を使った〝演技練習〟を経てなぜか膨らんだ財布の中身を、先輩たちが消費するための。

私は部室を後にする先輩たちの顔も見ず、ただ歩きながらスマホの画面を眺めていた。きっとどの先輩も平然とした、醜い顔をしている。

私もきっと、同じ顔をしている。


高校というのは良くも悪くも、閉ざされた空間だ。大人の統制しきれない出来事がいくらでも起こる。部活という更に小さなコミュニティでは、尚更《なおさら》。

今年唯一の新入部員だった私。演劇に関して大したモチベーションがあるわけではなかった。元々大人数で群れるのは好きではなかったので、いわゆる「ガチ勢」の集うような運動部や吹奏楽部といったところの勧誘を避けているうちに、演劇部に流れ着いた。

女子だけで構成されたコミュニティにしては珍しく、厳格な上下関係もいじめもない。三年が二人、二年が四人。タメ口でも咎《とが》められず、どうでもいい事を放課後に話し合える仲間。そういうイメージに何となく惹《ひ》かれて入部した。

演劇部の活動は緩かった。大会に出るわけでもなく、年に三回の内部公演に向けてゆったりと練習するだけ。練習自体も週に一度。大してきついことをするわけでもない。

私が入部した時点では三月の春公演が終わったばかりなので、九月の文化祭公演まで間が空く。なので暫くは毎回特定のシチュエーションを設定して、校内の空き教室を使った演技練習をしていきましょうというのが今後の方針だった。

実際の空き教室を使って練習するあたり、意外と本格的なんだなと思う一方、部室が狭くて練習に不向きだという事情もあるのだろうなと私は理解した。

実際はもう一つ、理由があった。

私の入部以降初めての演技練習が行われた翌日、昼休みに全校集会があった。前日の放課後に、吹奏楽部の楽器置き場になっている音楽準備室で盗難が起きたというのだ。二年生の部員が準備室でホルンをケースから出し、ケースと一緒に財布の入ったカバンを置いてそのまま音楽室へ向かい、帰って来た時に財布の中身が無くなっていたということだった。

音楽準備室と聞いた時、少し引っ掛かった。前日、いくつかの空き教室に分かれて演技の練習をしていたのだが、そのうち部長と二年の先輩一人が音楽準備室で練習していたはずだ。全国大会を明日に控えたフルート奏者の女子生徒二人が、夕闇の迫る音楽準備室で大会への思いを語り合うという設定で。

音楽準備室が吹奏楽部の楽器置き場になっていることは知っていたので、当然吹奏楽部に許可を取って使っているものと思っていた。そして演劇部員が音楽準備室にずっといたのであれば準備室が無人になるタイミングはなく、盗難など起こりえないはずだ。

しかし全校集会で生活指導の原田先生から伝えられた話を聞く限り、音楽準備室に吹奏楽部員以外が出入りしたことは、吹奏楽部も先生も把握していないようだった。

理由は簡単だった。まず、部長たちは準備室使用の許可を取っていなかった。そして、あれは演技練習ではなかった。

〝練習〟の名目で空き教室に入る理由。……それは、「盗み」という、あまりにシンプルな二文字だった。

正直その時はまだ、確信があったわけではない。私もその前日は別の教室で先輩と台詞《せりふ》を読む練習をしており、音楽準備室で何が行われていたか直接見たわけじゃなかったし、練習の後の報告会で部長が盗みを公言したとかいうわけでもない。

ただ、私たちが練習する間、誰が廊下を行き来していたかしっかり見ておくよう言われたこと、それを報告会で共有するよう言われたこと、私たちの練習していた教室が音楽準備室の隣だったこと……これらのことから嫌でも連想されたのは、「見張り」という言葉だ。

極めつきは練習後、部長が皆を連れてファミレスで打ち上げを行い、そこでなぜか支払いを全て部長がしていたということ。先輩とはいえ高校生に七人分の食事代を肩代わりできるものかと私は驚き、まあでも高校生とはそういうものなのかと何となく納得していた。

それが、音楽準備室で盗まれた現金を消費するための、つまり証拠を湮滅《いんめつ》するためのイベントだったとしたら、全て辻褄《つじつま》が合う。

その結論に辿り着いた時、私はどんな顔をしていたのだろう。

打ち上げの後、もうすっかり紺色に染まった街を、バス停まで歩く。夕飯は要らないと言ってある。

バス停には誰もいない。時刻表の上の蛍光灯が無駄に明るく見える。私は乗車位置に立ったままスマホの画面に没頭し、頭の中から余計な思考とモヤモヤをシャットアウトする。

今日の〝練習〟の結果も明日あたり、全校集会で取り上げられるのだろう。

そしてその後、先輩のうちの誰かがさりげなく原田先生のところへ報告に行く。昨日、お金が盗まれたっていう教室に、生徒会の古川さんがいるのをちらっと見ました……それだけ告げて、さも善意の第三者を演じて去る。決して古川さんが盗んでいました、などとは言わない。他の生徒に容疑を被《かぶ》せるのはあくまで二次的な目的で、そちらは成功してもしなくてもどちらでもいい。

大事なのは、無関係の生徒に目を向けさせること。そのことにより自分たちが疑われる可能性を少しでも低くすること。最近の〝練習〟ではこうしたアフターケアが取り入れられるようになった。彼女たちに言わせれば、こうして先生の所へ報告に行くのも演技の練習の一環なのだという。

加えて今日の〝練習〟では部長たちが動いている間、別の先輩が職員室に財布を届けることで原田先生を足止めしておくという、いつにも増して手の込んだ立ち回りが見られた。届けた財布は先週、別の教室から無くなったものだ。もちろん、適当な場所に「落ちていた」という設定で届けられる。これでその間の見回りを排除できるばかりか、届けた先輩の株も上がる。

万が一、盗難が起きた時間帯に活動していたという事で演劇部に事情聴取が入ったとしても、共有した情報をもとに先輩たちが完璧に口裏を合わせるはずだ。何時何分に誰々が通りました。一緒にいた○○さんも見ていたので間違いないと思います。……もっとも今のところ、盗難の件で演劇部に声が掛かったことはない。もし私が事情聴取されたとしたら、おそらく先輩たちのようにうまくは受け答えできないだろう。しかし部長はその点もフォローしてある。三回目くらいの〝練習〟後の報告会にて、部長は私たちに言った。

「最近、盗難が相次いで起きているようです。各自貴重品の管理はしっかりとしましょう。また、もし盗難の件について先生方から何か聞かれるようなことがあれば、知っていることは全てお話ししましょう」

　ここでの「知っていること」とは、口裏を合わせるために必要な情報のことだ。本当に知っていることは誰も話さない。そして部長は私の方を向いて、にこやかに言った。

「由樹ちゃんはまだ一年生だから不安かもしれないけど、もし由樹ちゃんが呼び出されるようなことがあったら、二、三年の誰かが必ず付き添うから安心してね。先生への受け答えは私たちがやるから、由樹ちゃんは確認された時だけ頷いてくれれば大丈夫だからね」

　決して威圧するわけでもなく、ただそう決まっていることを伝えるような、柔らかい口調。部長の言葉は、私に備わっているはずの理性とか良心とかそういったものが動き出すより先に、自然と私の口を動かした。

「はい」

　頷いた部長の優しげな顔を、私は今でも覚えている。それ以来、人の顔を見るのが何となく嫌になった。

きっと新歓の時から、何となく向こうも分かっている。私がどんな人間か。自分たちがしている〝練習〟の正体に気が付くか。気が付いたとして、それを疑問に思ったり告発したりするか。

気が付いてはいる。疑問にも思っている。告発はしていない。先輩たちの見立てはきっと一部外れていて、一部合っている。

ただ、それで問題ないのだ。大人しそうで、周りの言うことに何となく従ってくれそうな新入生が入ってきた。その事実はそのまま、彼女たちの〝練習〟に使える歯車が一つ増えたことを意味する。

私もそれは理解している。理解した上で、考えることを放棄してここにいる。理解しているから、いいのだ。これで。

「あの」

「ひっ」

背後で急に声がして、私はスマホを落としかける。

誰もいなかったはずのバス停に、人影があった。私のすぐ後ろ。

暗い中で急に声を掛けられたことで、防衛本能が働いた……私は左腕でバッグを引き寄せるようにして振り向き、その結果、中途半端に伸びた腕が相手の頬を強《したた》かに打った。

「ごふっ」

相手が声を上げる。若い男の声……男子、と言った方が近い。

「あっ、ご、ごめんなさい！」

意図せずして裏拳を放ってしまった私は慌てて、詫《わ》びるべき相手の顔を見る。

頬を押さえていたのは、同級生くらいの男子だった。

「あ、いや、急に声掛けてすみません」

彼は頬を擦《さす》りながら答えた。手応えからしてそんなにクリーンヒットはしていないはずだが、叩かれたはずの彼の方が申し訳なさそうにしているのでこちらの立場がない。

「……えっと、何か」

相手が同年代くらいの人間だったことで平静を取り戻した私は、恐縮しきっている彼に向き直る。

「あ、いやあの。お、同じ学校……ですよね？」

私は彼の姿を今一度見た。オーソドックスな白シャツにグレーのズボン。うちの制服……に見えないこともない。これといった特徴もないので、いまいち判断がつかない。

「えっと……そうなんですかね」

対して、私の着ている女子用の制服はスカートに薄いチェック柄が付いているため、この付近の高校の制服と比べれば割と目立つ。向こうからは同じ学校と認識できても、こちらには判断のしようがない。

「はい、一年の……C組の鈴村《すずむら》由樹さん、ですよね」

フルネーム。向こうには完全に認知されているようだ。これはフェアではない。

「……同じ学年、ですか？」

「はい。一年のこぐ……小室《こむろ》彰《あきら》です」

知らない名前。

「何組？」

「はい？」

「クラス」

「あ、D！　Dです！」

なぜか一瞬、答えに詰まっている。大丈夫か、この人。

「……それで、何ですか？」

「いやあの、僕いつも帰り一人なんだけど、たまたま同じ学校の制服の人見かけて、知ってる人だったから、方向一緒なのかなと思って……」

いまいち要領を得ない。ナンパ？　それとも本当に声掛けただけ？

「よく名前知ってたね……どっかで接点あったっけ？」

「えっと……体育！　体育Ｃ組とＤ組合同だから、点呼取るとき何となく覚えちゃうっていうか」

「それだけで覚えたの？　凄《すご》いね……名字しか呼ばれないのに」

「あ、えっとあと、友達が名前呼んでるのとか聞こえて」

なんだろう。なんか全体的に違和感。まるで、予《あらかじ》め決めてきた設定を喋《しゃべ》っているような。

「こんな遅くまで、部活、とか？」

「うんまあ、そんなとこ」

面倒なので、塩対応に切り替える。察してくれ、面倒だって。

「部活、何やってるの」

「演劇部」

「そうなんだ！　演劇部の人、初めて見た」

「まあ、一年私しかいないから」

「そっか」

「…………」

「…………」

きついな。一緒のバス乗るのこれ？

そんなことを思った時、携帯が震えた。家族LINEの通知で、『今から帰りまーす』という父からのメッセージだ。

しめた。父は自動車通勤だ。方向的に父の職場とここはそんなに離れていないはず。私は父にメッセージを送り、携帯をしまう。

「ごめん、お父さんが車で拾ってくれるみたいだから、私行くね。それじゃ」

「えっ。あ、そっか。……それじゃ、また」

私は足早にバス停を離れた。「また」はできればご遠慮願いたい。

「実践練習？」

翌日の放課後、部室での臨時ミーティング。部長の急な発表に私は思わず聞き返したが、何人かの先輩は既に話の概要を知っているようだった。部長はいつも通りにこやかに言う。

「そう。今まで皆、校内で色んなシチュエーションで練習してきたでしょ。で、場数を踏んで大分慣れてきたと思うの。なのでこの度、初の校外における実践練習を行う事にしました」

いぇーい、と他の先輩たちが声を上げる。

校外での〝練習〟。それが意味するところを私は瞬時に理解した。この部屋にいる全員が理解しているはずだ。

「日時ですが、明日の午後二時！　土曜日の昼過ぎで一旦お客さんが落ち着く時間帯なので、一般の方に迷惑がかからない時間帯にしましたー。場所は……」

部長が示したのは、学校から二駅ほど離れた所にあるスポーツショップだ。

「内容は、買い物客エキストラの練習でーす。週末にスポーツウェアを見に来た運動部員って感じでよろしくね。ってことで、参加者と配置決めます。来れる人ー」

その場にいた先輩は、全員手を挙げた。私だけが反応できなかった。

なんで？　当たり前のように話が進んでいく。

一般の人に迷惑が、とか、運動部員っていう設定とか、全部建前だ。単純に人目が少ない方がやりやすいからだ。スーパーとか雑貨屋とかよりも、スポーツショップの方が万引きに対する警戒意識が比較的緩いからだ。

「由樹ちゃん、予定ある感じ？」

手を挙げずにいる私に、先輩の一人が言う。

「予定は……」

「由樹ちゃん」

部長が優しい声で話しかけてくる。

「入部してそこそこ経つから、由樹ちゃんも大分上達してきてるよ。何かあっても私たちがフォローするから、心配しないで」

私は思わず俯《うつむ》く。部長の顔が見られない。一体どんな顔で、そんな言葉を吐けるんだ。

私は床を見つめたまま、小さな声で答える。

「……はい」

◆　◆　◆

「石畳さん、代わりましょう」

「今からは無理です」

僕は向かいの席でＰＣのキーボードを叩く石畳さんと、押し問答を繰り返している。

「木暮さんはファシリテーターですから、その知識と経験をもって調査の補佐及びアドバイスをしていただく必要があります」

「いや僕がしてるの、調査そのものじゃないですか。これどっちかというと石畳さんの仕事じゃないんですか」

そう抗議する僕はファミレスの椅子に、高校の制服を着て座っている。

「私も現在進行形で、調査を行っています」

調査……そのパソコン作業のことか。

「僕もそっちがいいですよ。そもそも監視対象と接触するなら絶対石畳さんの方が良いですって。おじさんに化けて僕に話しかけた時も、完全に別人だったじゃないですか。僕の演技力の低さ見たてでしょう」

「調査に支障を及ぼさないレベルだと判断いたしました」

石畳さんがさらっと答える。演技力の低さは否定しない。

「外見は完全に高校生ですので、問題ありません」

僕は言葉に詰まる。……石畳さんの言う事は正しい。今の僕は顔つきから身体まで、実際の僕よりも十年若返った、高校生の姿をしていた。


高校生に姿を変え、同学年の振りをして近付く。それを聞いた時、当然石畳さんがやるものだと思ったので、僕は素直に感心した。

「石畳さん、演技の幅広いんですね。おじさんから高校生まで……」

すると石畳さんは黙って、懐から写真を取り出した。

「では、こちらご参考までに」

それは、高校一年の時の僕の写真。

「……なんですか、これ」

「ご自分の若かりし日の姿を、お忘れですか」

「いやそうじゃなくて」

どっから手に入れたんだよ、という疑問はあるけども。

「なんで、僕の写真？」

「これから変身していただくので、イメージの助けになればと」

その瞬間僕は、自分の勘違いを悟った。


「それで、監視対象についての報告をそろそろお願いいたします」

「報告も何も……見てたでしょう」

鈴村由樹さんとのファーストコンタクトは散々だった。ろくに会話も弾まないまま、ただ怪しまれて終わった気がする。同年代男子の慣れないナンパくらいにしか思われなかっただろう。

「実際に喋った感覚として、どんな人物だったか、自分の能力に気が付いているか等《とう》、気が付いたことがあれば共有をお願いします」

「いや……普通の年相応の女の子だったと思いますよ。話しかけるまではスマホに夢中で……僕への対応は無愛想でしたけど、これは僕の方に問題があるので……根拠はないですけど能力には気が付いていないんじゃないかなぁ……あ、あと」

僕は記憶を辿る。

「……一度も目を合わせてくれませんでした」

言ってから、それはそうかと自分で思う。あんな挙動不審な絡まれ方をすれば当然だ。

しかし石畳さんはそれを聞くと、微かに眉を動かした。

気のせいか？　と思った時、にわかに石畳さんはパソコンから顔を上げて僕の目を見る。

「木暮さん、次のコンタクトですが、能力の発動確認を目指しつつ……一つ、彼女に探りを入れてみてください」

「探りって……何をですか」

「彼女の周辺情報を調べていたところ、彼女の対人迎合度を裏付けるデータが見つかりました」

一体どこのどんなデータベースを使っているんだ……そんな疑問をよそに、石畳さんは続ける。

「彼女は高校で演劇部に所属しています。一年生は彼女一人、他は上級生の女子で構成される小規模な部活ですが、その中で」

石畳さんがエンターキーを叩く。

「集団での窃盗行為が行われている可能性があります」

◆　◆　◆

夕闇が迫る。否応《いやおう》なしに。

下校時、一人になれることをありがたく思った。先輩たちは皆、電車か原付。もっとも同じバス通いの先輩がいたとしても、一緒に帰ることにはならないだろう。私は「後輩」だから。多分彼女らにとって「後輩」は仲間ではなく、体《てい》のいい協力者だ。

車通りの少ない車道を、点在する街灯が申し訳程度に照らす。

バス停まであと十分程というところで、私はふいに振り返り、後方に声を掛ける。

「バス通いじゃなかったの？」

振り向いた先には、数メートルの距離を空けて、小室彰が立っていた。後を尾けていたことを気付かれ、分かりやすく動揺している。

「あっ、鈴村さん……偶然。昨日ぶり」

私は構わず歩き続ける。

「なんか、たまに歩きたくなること、あるじゃない。風の気持ちいい日とか、天気のいい日とか。鈴村さんも、そう？」

現在、無風。中途半端な曇天。

「まあ、そんなとこ」

「あ、あの、決してストーカーとか、そういうのじゃないからね。同じ高校だし」

自分で言っちゃってるよ。ストーカーって。

「……ごめん、ちょっと今一人になりたいから、先行くね」

「あっ待って！　一つだけ！　聞きたいことが……あるんだけど」

小室彰は間隔を空けつつ付いて来る。昨日のように至近距離で話しかけてこないのは、彼なりに学習したのか。

「あの……鈴村さん、演劇部なんだよね。演劇部って一年生、鈴村さんだけって聞いたんだけど」

私は黙って歩を進める。

「その、大丈夫かなって。何もない？　先輩に……嫌な事させられたりとか」

刹那、心臓が跳ね上がった。

私は思わず振り向く。小室彰は私が急に立ち止まったことに驚き、同じように足を止める。

まさか。そんなはずはない。

先輩たちの〝練習〟計画は周到だ。バレているはずはない。

自分が何かバレるような動きをしたか？　必死に記憶を辿ってみたが、思い当たらなかった。第一、〝練習〟の時の私の立ち回りは指定された場所に「居る」だけなのだ。ボロの出しようがない。じゃあ、先輩たちが現場を目撃されたのか？　あの狡猾《こうかつ》な先輩たちが？

……落ち着け。ただの偶然だ。

私たちがしているのは、部活の練習。「窃盗」の二文字を口にしない限り、それが「窃盗」として認識されることはないのだ。普段の部長たちが、そうしているように。

私は息を吸い、小室彰に向き直る。

「大丈夫」

私は再び歩き始めた。小室彰が遠慮がちに付いて来る。

「大丈夫……っていうのは」

「そんなこと全然ないから、大丈夫って意味」

「そっか……それならいいんだけど、その」

彼は慎重に言葉を選んでいるようだった。

「なんていうか……本当は嫌だと思ってても何となく言う通りにしちゃうこととか、人間ならあると思うっていうか……僕も、そういうことあるし」

自然と歩く速度が上がる。それに伴って、心拍数も。

間違いない。この言い方は、気付いている。

いつ？　どうして？　もう先生には伝えているのか？　どこまで？　放課後に空き教室で怪しい人たちを見ました？　名前は？　クラスは？　告発したのは先輩のこと？　それとも、私も？　昨日話しかけてきた時点で、私を疑っていた？

脳内が憶測で満ちる。小室彰はそんな私に構わず話しかけてくる。証拠を突き付けて追い詰めてくるというより、できる限り私の口から真実を引き出したいというような感じだ。

「僕も……そうなんだ。言われたことにとりあえず頷いてしまうっていうか……疑問はあるんだ、自分の中で。でもその疑問を口にしないでいるうちに、段々と自分の中で曖昧になってきて……きっとそういう人は、他にもいる。だから」

こいつは何を言っているんだ。私は、何もやましいことなんてない。ましてや、疑問なんて——。

「私たち、練習してるだけだから。部活の。口出さないでほしいんだけど」

感情を押し殺した声で突き返す。実際に押し殺せているかどうかは、怪しい。

「いや、うん。もちろん分かってるよ。……でも〝練習〟にしたって、きついこととか納得いかないこととかあるかもしれないから……自分が感じた疑問を、忘れないでほしいなって……」

「うるさいなあっ！」

突如、叫び声が響く。

私の声だった。

振り向いた私の目に、小室彰の立ち尽くす姿が、妙に歪《ゆが》んで見える。

……違う。

歪んでいたのは、視界だ。

「そういうのは、助けてくれる人が言ってよっ……！」

歪んだ視界の中で、私は彼に言葉をぶつける。彼は面食らったような顔で、その場に固まっている。

私は振り返った。前方にバス停が見える。丁度バスが到着したタイミングだ。

反射的に駆け出す。小室彰が追って来るかと思ったが、背後に靴音は聞こえない。

ギリギリでバスに乗り込んだ。乗客から不自然な目で見られないよう、息を整える。

眼の中に溜《た》まっていた水分は、最後まで零《こぼ》れ落ちることはなかった。

……疑問なんて。最初から、ずっとある。

なぜ先輩たちはこんなことをするのか。集団でやれば、責任が軽くなるとでも思っているのか。三年の先輩二人は受験生という立場にあって、一体何を考えているのか。なぜ私を巻き込むのか。……なぜ、私は従ってしまうのか。

そして一つ、新しい事実を知った。

私は誰かに、助けてほしいらしい。

◆　◆　◆

遠ざかっていくバスを、僕は呆然《ぼうぜん》と見送った。

「如何《いかが》いたしましょうか」

背後で声がして振り向くと、いつの間にか石畳さんが立っている。

「いや、如何も何も、だから言ったじゃないですか。僕には無理だって」

「そうでしょうか？　今のやりとりに落ち度があったようには思えませんでしたが」

「いや落ち度しかなかったでしょ。……泣いてましたよ、あの子」

女の子を泣かせてしまうことが、これほど精神的に来るものだとは知らなかった。

「泣いていたのは、彼女に自覚ないし罪の意識があるからではないでしょうか。こちらは彼女の良心に語りかけただけですので、むしろ理論上の最適手段だったかと」

石畳さんは事もなげに言う。

「ただ問題は、彼女の能力発動確認ができなかったことですね。秘密を知られ、精神的に追い詰められた状況でも能力を使うそぶりを見せなかったところを見ると、やはりイエスマンとしての自覚はないようです。周辺調査は私の方でほぼ済ませましたが、既に調査期間のうち二日を使ってしまっているので、できれば明日の午前中か、遅くとも昼過ぎには能力の発動確認を済ませて、そのまま三人目の監視対象の元に向かいたいところです」

「ちょ、ちょっと待ってください」

淡々と続ける石畳さんに、僕は面食らう。

「あっちの件は、放っておいていいんですか？」

「あっち、とは」

「盗みの件ですよ！　さっきの反応見たでしょう。彼女、不本意だっていう気持ちがあるんですよ。それなのに仕方なく従ってしまっているっていうこの状況をまず何とかするべきなんじゃないですか」

「そちらについては、これ以上タッチしなくても問題ありません」

石畳さんは感情のない声で言う。

「能力の発動確認に必要であれば、彼女が窃盗行為に関わっているというこの状況を利用するという手もありますが、それ以外にも発動確認の方法はいくつか考えられますので」

「でも……イエスマンが悪事に手を染めないようにするのも、僕たちの仕事じゃないんですか」

「我々の仕事は、能力が悪事に使用されることを防ぐことです。彼女は能力を用いて窃盗を行っているわけではありませんので、琴原研究所が関与するところではありません」

車道を通り過ぎていく車のヘッドライトが、石畳さんの顔を一瞬照らす。いつもと同じ、何の表情も描かれていない顔を。

「で、でも」僕は躍起になる。「いつかそうなるかも……」

「少なくとも現状では、彼女に自身の能力について自覚させないまま能力の発動確認をさせることが必要になります。困難ではありますが、不可能ではありません。そうすれば今後、能力を使って窃盗に走ることは少なくともないでしょう」

そんな事言ったって、窃盗への協力自体を続けてしまったら意味がないじゃないか。

「これから発動確認の段取りについてまとめますので、木暮さんは今日のところはひとまず……」

「ぼ、僕が考えます！」

思わず叫んでいた。

「はい？」

「僕が作戦、考えます。彼女に能力について悟らせず、能力の発動確認もできて、尚且《なおか》つ、彼女が盗みに協力しなくて良くなるような作戦」

「立案していただくのは構いませんが……先程申し上げたように、中々困難なシチュエーションが予想されますよ？　それに、窃盗行為への協力を止めさせると仰いましたが、それだけで単純に縛りが一つ増えています。難易度は更に上がりますよ」

「関係ありません。やります」

僕はきっぱりと言う。

「何でもできるのが、イエスマンでしょう」

◆◆◆

少し、期待があったかもしれない。

私が行くことで、何か変わるかもしれないと。何かのはずみで先輩たちの計画が狂って、〝練習〟が中止になるかもしれないと。

待ち合わせ場所へ向かって自動的に歩いていく自分の足を見つめながら、私は自分に何ができるのかぼんやりと考えていた。

私が行かなければ、人手が足りなくなって中止になるだろうか？　多分、ならない。

私の今日の立ち回りは店内の入り口付近で、客の出入りを観察しておくことだ。通路を挟んだ反対側で、もう一人の先輩が同じ役割を担っている。私がいなくなったところで、最悪その先輩がいれば事足りる。

　では尚更、私が行く必要はないんじゃないか？　先輩たちだけで勝手に進めてくれればいいと、何度か思った。

　しかし、万が一先輩たちの誰かが捕まった場合、誰が捕まったとしても共犯者を告発するだろう。そうしないと全て自分の責任になるからだ。もちろん、その場にいない一年生の後輩についても。

　そう考えると、家にいても気が気ではない。できるだけ穏便に先輩たちの計画が進み、あわよくば見つかることなく失敗してほしい。そのために自分にできることがあるのではないか……そんな、霞《かすみ》よりも淡い期待でここまで来てしまった。

　私が告発すれば、終わるだろうか？

　自分の関与も含めて、然るべき所に告発すれば、全て終わるだろうか。

　多分それも、ノーだ。私が裏切ったとしても、先輩たちだけで口裏を合わせて白《しら》を切り通せばいいだけのことだ。万引き？　何のことですか。私たち、部活の皆で買い物しに来ただけですよ。あ、でもそういえば一年の鈴村さんが買い物中、ちょっと様子がおかしかったです。店員さんの方をちらちら気にしていました。……そんな風にして私一人に罪を被せれば、それで済む。

　出口が見えない。この迷路から抜け出すための方法が見つからない。

出口が見えないまま、やがて見えてきたのは待ち合わせ場所だ。

「お疲れ、由樹ちゃん。来てくれてありがとうね」

部長がにこやかに挨拶してくる。

「もしかしたら来てくれないかもと思ってたよ」

「……別に、用事とかないので」

「いや、用事とかじゃなくてさ」

そこで部長は何か続けたが、横の車道を疾走していったバイクの音にかき消されて聞こえない。

「……すみません、何て？」

「あ、おーいこっちこっち」

部長は新たに到着した先輩に向かって手を振る。何と言ったのかは、聞けずじまいだった。

先頭を歩く部長は、二年の先輩と何か話している。楽しそうだ。

他の先輩たちも、まるでピクニックにでも行くような雰囲気で続いている。

最後尾の私は、すれ違う人一人、通り過ぎていく車一台にいちいち神経をすり減らしていた。さっきから足元の歩道と、マンホールだけを見ている。

誰かが通報してくれないだろうか。傍《はた》から見て挙動不審な女子高生のグループが歩いていると……期待できそうになかった。部長たちはいたって「普通」だ。友達と楽しくお喋りしながら歩いているだけ。挙動の点で言えば、私が一番不審だ。

止めなくては。先輩たちを止めなくては。頭では分かっているのに。都合のいい偶然がこの状況を変えてくれる事なんてない。自分が動かなくてはいけないと分かっているのに。

言われた事に対してしか、動けない。

そしてそれでは、自分を救えない。

『まだ迷いがあるのかい？』

突然、声がした。

一瞬、前を歩く先輩に声を掛けられたのだと思った。でも違う。男の声だ。

通行人に声を掛けられた……そう思って振り向いたが、そこにはパグを散歩させている年配の女性が一人、通り過ぎていくだけだ。急に振り向いた私に驚いてパグが軽く吠《ほ》える。女性は私に軽く会釈をして、興奮するパグを引きずっていく。

『僕はそこにはいないよ。少し離れた場所から、君に話しかけてる』

再び、同じ声。

二度目の声を聞いて、それが男子の声であることが分かった。さっきと反対側を振り向いてみたが、誰もいない。

「……何？」

私はどこかにいる声の主を探す。前を歩く先輩がちらりとこちらを見たが、すぐに視線を前に戻し歩いていく。

『怪しまれるよ。そのまま前を向いて、歩きながら聞いて』

三度目の声を聞き、私はそれが誰の声であるか認識する。

小室彰。

一昨日はバス停で、昨日は帰り道で、声を掛けてきた男子。

しかし依然として、彼がどこから話しかけてきているのか分からない。

『喋らなくていいよ。頭の中でイメージしてもらえれば、会話できる』

姿の見えない小室彰が続ける。

『テレパシー、って聞いたことある？　今、僕の脳と君の脳が中継で繋《つな》がってるような状態。そっちからも、僕の脳に直接メッセージを送れるよ』

一瞬、彼が何を言っているのか分からなかった。テレパシー、という言葉の突飛さもさることながら、先輩と一緒に〝練習〟に向かう途中で小室彰に話しかけられているというこの状況が、まず理解不能だ。

分からないので、ひとまず彼に従う事にする。

『……テレパシー？』

私は脳内で小室彰に話しかけてみる。するとすかさず、声が返ってきた。

『そうそうそんな感じ。理解してくれてありがと』

理解できたわけではない。が、とりあえずコミュニケーションが取れるということだけは分かった。

『鈴村さん、一昨日から執拗に絡んでごめん。君についてちょっと知りたい事があって接触してたんだ。……だけど、今はそれより大事な問題がある』

小室彰の声が、脳内で続ける。

『君が置かれている、その状況。君はどうにかしたいと思っているよね。僕たち、つまり君の事を調べている側からすると、君がこれから盗みに助力しようとそうでなかろうと、必要なデータが取れさえすればいい……らしい。でも少なくとも僕個人は』

一呼吸置く気配があった。

『君を、助けたいと思う』


キミヲ、タスケタイトオモウ。

それはどんな異国の言葉よりも不思議な響きを持って、私の脳内にこだまする。

『……何？　どういう意味？』

『そのままの意味だよ』

前を歩く先輩たちが爆笑する。一瞬、小室彰との会話が聞こえたのかと思ったが、誰も私の方を気にする様子はない。

『幸い、君を助ける過程で調査に必要なデータが取れるなら、別にそれでもいいって許可を貰った。……具体的に言うと、君と先輩たちがしようとしていることを、表沙汰にすることなく止められる』

表沙汰に、することなく。

今日集まって、これからスポーツショップに行って、そこで万引きに協力するという一連の事実を、無かったことにできる。

彼が言っていることは、呪文に近かった。到底起こりうるはずのない……しかし心の奥底で、私がずっと望んでいることでもあった。

『ただ、条件が一つ』

そこで小室彰が声のトーンを少し変えたのを、私は感じる。

『これは今僕が一緒に仕事をしている人から言われた条件なんだけど……君に〝助けてほしい〟っていう明確な意思がある場合に限り、君に助力するようにって』

『……明確な、意思』

私は頭の中でオウム返しする。

『君は自分の事を、周りに流されやすい人間だと自覚しているよね』

小室彰は声だけで、静かに語りかけてくる。

『そういう人間を助ける時の必須条件が〝本人の意思〟だって、その人は言うんだ。何だか分からないけど助けてくれるならそうする……みたいな感じじゃなくて、君から明確にその言葉が欲しい」

私の脳内に、昨日小室彰に放った言葉が蘇《よみがえ》る。

……そういうのは、助けてくれる人が。

『助けてくれる人が言ってよ、と君は言ったよね。……でも君は、誰かにはっきりと助けを求めたことはあるのかい？』

いつの間にか、周りの音が消えていた。先輩たちの笑い声も、車の音も、街路樹が風に揺れる音も。小室彰の声だけが、頭の中で響く。

『僕は、君と同じタイプの人間なんだ。言われたことはとりあえずやる。何も考えずに相手の言葉にただ頷いているのって、この上なく楽だから。そうやって少しずつ、自分が見えなくなっていく』

気が付くと、先輩たちが目の前で足を止めている。赤信号だ。横断歩道を隔てた通りの向かい側に、目的地のスポーツショップが見える。

『でも完全に見えなくなる前に、〝先輩〟と出会ったんだ。その人もきっと僕や鈴村さんと同じようなタイプの人間だった。でもその人は受動的に生きている僕に、それでいいのかって尋ねてきた』

それでいいのか。

何度も自分自身に投げかけた言葉。そして、何度も聞き流してきた言葉だ。

『それに対する答えを、僕は今でも探している。……多分、君もそうなんじゃないかな』

私は答えなかった。答えなくても、多分彼には分かっている。

私自身にすら、分かっているのだから。

『聞くよ、鈴村さん、君は今、どうしたい？』

私は答えた。

声には出さず、しかし今までで一番大きな、自分自身の声で。

『……助けて、ほしい』

私は唇をぐっと結ぶ。

『何とかしたい。助けて』

少しの沈黙の後、小室彰の声が、優しく答える。

『イエス』

信号が青に変わる。

小室彰は私の背中を押すように、力強い声で言った。

『鈴村さん、今から言うこと、よく聞いて』

そこは店というより、倉庫のような外装だった。狭い店内にスポーツ用品がみっしりと並べられている。

入り口をくぐると、両脇にサッカーボールやバスケットボールが陳列された金属製の棚が設置されており、圧迫感がある。見ているだけで息が浅くなってくるような雰囲気。思わぬところに人がいてぶつかりそうになったと思いきや、ラッシュガードを着たマネキンだった。

パイプがむき出しの天井には、イルカの形のフロートが吊《つ》り下げられている。四角い蛍光灯が、攻撃的なまでに店内を照らす。

私の配置は、店に入ってすぐ右手に曲がったところの角だ。

所定の位置について振り返ると、右手に入り口が見える。その奥、私と反対側の角に、先輩が一人待機していた。このポジションにいる限り、私が変な動きをすれば反対側にいる先輩に見咎められる。この配置は客と店員を見張るためのものであると同時に、互いを監視するためのものでもあるということを、私は今更悟った。

左手には同じように通路が延び、突き当たりにはサングラスの並べられた回転式のラックと、縦長の鏡が置かれている。鏡の中に、どこにも居場所を見つけられないというような表情をした私が小さく映っている。

部長の見立て通り、客はまばらだ。商品の整理をしている店員も、ここから確認できる限りではいない。バックヤードにいるのだろうか。

部長と他の先輩たちは、入り口から正面のレジへと延びる通路を進み、途中で両側の通路へ各自散っていく。部長と二年の先輩一人が〝実行役〟、他の先輩は私たちと同じく〝見張り役〟。私の位置からは誰がどこにいるのか正確には分からない。

店内に入って数分後。

近くの棚から、部長と二年の先輩が喋っているのが聞こえる。

……これ、デザイン良さげじゃない？　あーでもちょっと高いですねぇ。同じシリーズでこっちならまだいいんですけど。でもあんたの彼氏こういうの好きそうじゃん。余計なお世話です……時折、いつもの甲高い笑い声が控えめに響く。

あくまで体裁は、ただの買い物客だ。……でもおそらく、商品を吟味している体を装いながら、そのうちのいくつかをカバンの中に滑り込ませるタイミングを窺っている。

私の頭上に黒いドーム型の防犯カメラが見えたが、先輩たちを捕捉しているかどうかは分からなかった。

その時、小室彰の声が頭の中に響く。

『見つけた。入り口から三番目の通路、右手。レジ側の棚を見てる』

相変わらず姿は見えない。しかし、彼は店内のどこかにいる。実行役の二人を監視できるどこかに。

『髪の長い方が部長、結んでる方が二年の先輩で大丈夫?』

私は頷き、頷いただけでは伝わらないことを思い出して、うん、と頭の中で答える。

『じゃあいくよ、鈴村さん。しっかり覚えて、イメージして』

私は彼の言葉に頷き、眼を閉じる。

『……入れた。磁気ネックレス、黒。部長のバッグ。メーカーはフラワーズ。あとブレスレット。ラバータイプで赤。これも部長。フラワーズ。……それから日焼け止め……いや違う、戻した。その隣の制汗スプレー。これは入れた。二年生の方。携帯用で、ブランド表示ないからオリジナルのやつ。移動して……タンクトップ二枚、部長。多分、どっちも黒。メーカーはラルフ』

私は小室彰の声を聞きながらスマホを猛烈な速さで操作し、言われた商品を検索していく。商品が表示されたら、それを正確に記憶。サイズ、色、形。そしてブランド。

『……棚から離れた。さっきの四種類、五品で全部だ。通路に向かってる。出るよ、鈴村さん』

私は左手、鏡が見える方を確認する。視界を阻む鉄製の商品棚の間の通路から……いた。小室彰だ。一番奥、鏡の前で、黒いTシャツを着た小室彰が空《から》の買い物籠を持ってこちらを見ている。

相手もこちらの姿を確認すると、入り口の方を指さす。来るよ、の意味だ。

私は右手の通路に注意を集中させる。タイミングは一瞬。二人が出入り口の前に来て姿が見える、その瞬間。

……一秒。……二秒。……三秒。

話し声が聞こえてきたのと同時に、棚の陰から二人が現れる。肩には、未精算の商品が入っているはずのカバン。

私は小室彰に向かって小さく手を上げ、見えないカバンの中身を、頭の中に描く。

小室彰の声が響いた。

『僕の籠に、移動』

私は周りに聞こえないくらいの、微かな声で答える。

「……イエス」

刹那、カシャンという音が小室彰の持った籠から聞こえた。

部長と先輩は、そのまま店を出ていく。それから時間差で他のメンバーも店を出ることになっている。

私は左の通路奥に目を向けた。

小室彰が、小さく親指を立てている。彼が持っている籠には……二人がカバンに入れたはずの商品が入っている。

私は目を見張った。

「凄い……どうやったの?」

小室彰は私に向かって手を振り、店を出るよう促す。私は彼の示すまま、出口に向かっていく。

うまくいった。彼の言った通りだ。これで、第一段階成功。

次は、店を出てからだ。

私は反対側の角で見張りをしていた先輩と一緒に、合流場所として指示された公園へと向かう。

公園に着くと案の定、先輩たちが微妙な面持ちで集まっていた。部長ともう一人の実行役の先輩が、当惑した様子でカバンの中を漁《あさ》っている。

「お疲れ様でーす。……どしたの?」私と一緒に来た先輩が尋ねる。

「なんか、失《な》くしちゃったみたい。二人が……」答えた三年の先輩は、そこで言葉を切った。何を、とは言ってはいけないのだ。言ってしまったら、犯行を認めることになる。

ふいに、部長が顔を上げる。

「ごめーん、皆」部長は困ったような笑顔で手を合わせた。

「さっきのお店に、ハンカチ落としてきちゃったみたい。取りに行きたいから、付き合ってくれないかな」

やっぱり、そうきたか。

先輩たちは、えー？　とか、しょうがないなぁ、などと言いつつ互いの顔色を窺っている。ハンカチを取りに戻る、という体で、もう一度〝練習〟を行うという事、仕切り直しするという事を無言で確認し合っているのだろう。

ほんとごめん、ちゃちゃっと終わらせるから……と、部長が今来た道を引き返そうとした時だった。

「ねぇねぇ、お姉さん」

私たちの背後で、声がした。

部長は、瞬時に警戒の表情を作り振り返る。他の先輩たちもそれに倣う。

おそらく彼女らが予想したのはスポーツショップの店員か、警官だろう。どちらに声を掛けられたとしても、彼女らには言い逃れする用意があった。……何ですか？　万引き？　知りませんよ、そんなの。私たち一緒に買い物してただけです、ちゃんと見てました。ほら、カバンの中、何にも入ってないでしょう……そんな具合だ。

もし執拗に詮索してくる場合は、誰かが叫び声を上げて、人が集まってきたところをどさくさに紛れて逃げる。……そのくらいの用意が、いつでも彼女らにはあった。

しかし、私を含めその場にいた全員は、声の主を見て拍子抜けする。

そこにいたのは青いスポーツリュックを背負った、小学生くらいの男の子だった。おそらく同年代の中でも背の低い方だと思われるその子は黒縁の眼鏡を光らせ、私たちよりもずっと下の目線から部長の顔を見上げている。

束の間の沈黙を破り、部長がにこやかな顔で言う。

「はいはい、どうしたの？」

男の子は背負っていたリュックを下ろすと、おもむろに中から赤い紙袋を取り出す。

「これ、落としたでしょ」

見覚えのない紙袋だ。部長も心当たりがないらしく、困ったような顔で紙袋を見つめる。

「うーんごめん、それお姉さんのじゃないみたい」

「でも、お姉さんこれ落としてたよ。カバンの中から」

男の子は退《ひ》く様子を見せず、紙袋を部長の手に押し付ける。ふと私は、紙袋の端に書かれている文字に目をやる。

そこには、店のロゴがスタンプで押されていた。私たちがさっきまでいたスポーツシヨップのロゴだ。

「私が？　カバンから落としたの？」

部長は男の子の確信に満ちた口調に調子を狂わされ、次第に当惑している様子だ。

「うん、間違いないよ。見てたから」

そう言うと男の子は紙袋を部長の手に残したまま、リュックを背負い直して走っていく。

「あ、ちょっと、君」

部長が呼び止めた時には、既に男の子の姿はなかった。

部長は無言で紙袋を軽く振った後、おもむろに袋を開ける。

その瞬間、部長の目が驚きで見開かれるのを私は見た。

「何ですか、ヤバいもん入ってたんですか」

一緒に覗き込んだ先輩も中身を確かめると、部長と全く同じ表情をした。そして袋の中のものを取り出してみせる。

それは、ラバー製のブレスレットだった。

二人の異様な反応に他の先輩たちも袋の周りに群がる。私から見えたのはブレスレットだけだったが、他に何が入っているのか、私には分かった。磁気ネックレス、制汗スプレー、そして……タンクトップ二枚。

部長たちが盗んだはずの商品、そしてなぜかカバンの中から消えた商品が、会計の済んだ状態で店の袋に入れられ、届けられたのだった。

「何、やだ、どういうこと?」

全く状況が摑《つか》めない様子で混乱する先輩たちの声を聞きながら、私は小室彰に言われた事を思い出していた。

——僕は、超能力が使えるんだ。

この力を使って、世の中のちょっと困った人を助ける仕事をしている。でも僕の力には弱点があって、誰かの助けがないと使えない。そこで鈴村さん、君に協力してほしい。

これから君たちが行く店に、僕が予め待機しておく。君の先輩たちがカバンに入れた商品を君に伝えるから、色、大きさ、デザイン、ブランドまで、できるだけ正確にイメージしてほしい。

そして先輩たちが店を出る瞬間、僕が君のイメージを媒介にして、カバンの中の商品を僕の買い物籠の中にテレポートさせる。タイミングが大事だから、僕が指示したら合図を返してほしい。合図は「イエス」だ。

うまくいったら、鈴村さんは他の先輩と一緒に、何も知らない体で店を出て。後は僕が何とかする。

大丈夫。知り合いにも協力してもらうから。

先輩たちは依然、当惑している。誰もが、この事態をどう解釈したらいいものか分からないようだ。

万引きした商品が無くなった。それだけならまだいい。部長の言うように道中で落としたのかもしれない。もしくは、商品をカバンに入れる際は怪しまれないよう、基本的に手元を見ずに入れるため、入れたつもりで床に落としてしまっていたのかもしれない。だが、その商品がわざわざ自分たちの手元に届けられたのはどういうことだ。しかも、会計の済んだ状態で。それを届けに来た、あの子は何者なんだ。……そして何より、あの子の言葉。

間違いないよ。見てたから……。

「撤収しよう」

突然、部長が静寂を破る。

「各自、固まらずに一人で帰って。遠回りしてでも、できるだけ別々の方向で。今日はこれでおしまい。はい、解散」

突然の指示に皆は戸惑いを見せたが、部長の言葉に従う以外、この事態を収拾させる手段が無かった。演劇部のメンバーは一人、また一人と荷物を持ち、公園を後にする。

どのルートで帰るべきか決めかねていた私と、部長が最後に残った。

部長は他の先輩たちが去っていったのを見るとカバンを肩にかけ直し、私に目を向ける。

「由樹ちゃんも、早く帰った方がいいよ。ここにいると何があるか分からないから。……今日はお疲れ様」

部長はそう言うと紙袋をカバンの中に突っ込んで去りかけたが、ふと振り返り、じっと私の眼を見つめた後、呟くように言った。

「……そうだよね」

そして再び私に背を向け、そのまますたすたと去っていく。何に対して発せられた言葉かは分からなかった。

私は一人、公園に佇み、部長が最後に見せた顔を思い出していた。

今まで見たことのない顔だ。にもかかわらず、私にはそれが部長の本当の顔だという気がしてならなかった。そうだといいな、と思った。

「小室……君」

私は姿の見えない小室彰に声を掛ける。

「私……今、どんな顔してる？」

小室彰の声は、もう聞こえなかった。

日曜日を挟んで、迎えた週明け。

昼休み、部長に呼び出された私は部室の扉を叩く。掌《てのひら》が緊張で湿っている。

「失礼します」

扉を開けると、中は薄暗かった。

部長は、窓枠に座っている。逆光で顔はよく見えない。

「……電気、付けないんですか」

「何となく。……私、暗い所の方が好きなんだ」

部長は窓の外に目をやる。表情が読めない。会議用の机一つ分ほどの距離で対峙しているだけなのに、まるで私と部長の間に磨《す》りガラスが立てられているようだ。部長の声も、校庭で練習するサッカー部のかけ声に隔てられ、くぐもって聞こえる。

「由樹ちゃん」

部長が口を開いた。私は身構える。

土曜日の件だけどさ、あれやっぱおかしいと思うんだよね。由樹ちゃん、何かした？　誰かと協力して、私たちの邪魔したんじゃない？　……そんな言葉を予想する。そうだった場合、うまく返せる自信がない。白状したところで信じてもらえる話でもないし、先輩たちのように嘘の筋書きを考えられるほど器用でもない。

「これから、どうしたい？」

予想に反した問いかけが来て、私は一瞬戸惑う。

「……えっと、どうしたい、とは」

「演劇部。由樹ちゃん、これからも演劇部、続けたいと思う？」

部長は窓の外から目を逸《そ》らし、私の顔を見る。

その言葉を聞いた時、私は何となく察した。

演劇部を続けたいか。その曖昧な問いは、いくつかの意味を含んでいる。

これからも〝練習〟に手を貸すつもりがあるのか。

ひいては、今後も演劇部に所属し続けたいと思っているのか。

そしてこれらを聞いてくる時点で、部長には私が〝練習〟に協力的でないことを悟られている。

その上で、私の意思に任せているのだ。もっと真面目に協力してよ、とか、協力する気ないなら辞めてくれない？　ではなく、あくまで私の意思に。

由樹ちゃんはこうしてね。大丈夫。心配いらないから。にこやかな顔でそう私に言い聞かせていた今までの部長とは違う。表情こそ見えないが、少なくとも部長は笑ってはいない。

今聞いているのは、部長の本当の言葉だ。

そこまで分かった時、不思議と頭の中がクリアになった。

部室内に充満する淀んだ空気が、晴れていくような感覚。相手の言葉を受け取るのではなく、自分から相手に意思を伝える準備が自然とできていく。

ああ、そっか。あの時と同じだ。

姿の見えない小室彰に、「助けて」と伝えた時の気持ちと。

「私は」

正面に座っている、顔の見えない部長に、自分の言葉を伝える。

「今までみたいなことは……やりたくないです」

その瞬間、私たちの間を隔てていた空気が変わった。

この一言で、私は認めた。今まで、窃盗行為に加担していたことを。

そして、小さく頷いた先輩もきっと、認めた。今まで何をしてきたかを。

言葉こそ交わさなかったが、私たちを暗黙のまま繋いでいたものがぷっつりと切れたことを、私は感じた。

部長は窓枠から、床にすとんと降りた。そしてホワイトボードに近寄ると、今までミーティングを演出するために書かれていた内容を端からシャッシャッと消し始める。

「今日で、解散ね」

部長が手を動かしながら、私の方を見ずに言う。

解散。その言葉の意味を理解するのに、数秒かかった。

「解散って……」

「他のメンバーにも、ちゃんと伝える。っていっても、皆うすうす予想はしてると思うけどね」

部長は私に背を向けながら、ホワイトボードに書かれた偽りの文字を次々に消していく。

「由樹ちゃんが辞めるだけで解決する問題じゃないでしょ。むしろ、由樹ちゃんが辞めることは解決じゃない。後輩にそういう事をさせるような場所があることが、そもそも問題でしょ?」

部長の背中から発せられる言葉が、ゆっくりと脳に染み渡る。

……そうか。この人は全部、分かっているんだ。

私が窃盗に協力しなくてよくなる。それは私にとって、確実に望ましい事だ。でも、部長は分かっている。私が望んでいるのは、私が関わらなくてよくなるということだけではない。

先輩たちにも、もう同じことをしてほしくない。そう望んでいることを、分かっているんだ。

「先生に自首……するんですよね」

「するよ」

「分かりました」私は覚悟を決める。「いつですか？　今日の放課後とかなら、私も行けます」

「いや、由樹ちゃんは来なくていいよ」

「……え」

「演劇部、辞めるんでしょ？」部長は一瞬手を止め、私を振り返る。

「さっきの返答をもって、退部の意思表明と判断しました。あ、別に退部届とか要らないから。部長権限で、この場で手続き完了」

部長は事務的な口調で、再び黙々と手を動かす。

「退部したのなら、もう演劇部とは関係ないから。私たちは解散まで一応、部に籍を置くけど、由樹ちゃんはもう部外者だから来なくていいよ。むしろ、来ると話がややこしくなる。あと、ここに呼び出した用事もさっきの意思確認だけだから、もう帰って大丈夫だよ」

部外者。突き放すような言い方だったが、私はそこに部長の揺るぎない意思を感じた。責任は自分たちで負う、という意思。

「いや、でも」私は必死に言葉を探す。

「最初はね」

部長はそんな私の言葉を遮るように言った。

「正直、使えそうな子だなと思ってたの。何も知らない、素直な一年生が入って来て、人手が増えるなら歓迎だって」

私は続ける言葉が見つからないまま、部長の言葉を聞いている。

「でも、何回か〝練習〟やってみて気が付いた。この子、納得してないって。表向きは私たちの言う事に黙って従ってくれてるけど、それは自分が抱えてる疑問とか罪悪感とか、そういうものに目を瞑《つむ》った上でそうしてるんだって」

「……何で、そう思ったんですか」

「だって由樹ちゃん、〝練習〟やるようになってから、私たちの顔ちゃんと見てくれなくなったじゃん」

思わず、俯く。

見透かされていた。口に出さなかったことまで、全部。

「で、それに気が付いた時、私、期待しちゃったんだ」

「期待？」

「由樹ちゃんが、私たちを止めてくれるかもしれないって」

思わぬ言葉に、私は再び顔を上げる。

「後輩に期待するとか、どんだけ根性曲がってんだよって思うかもね。……でもね、一旦転がり出して勢いがついたものって、当事者じゃ止められないもんなんだよ」

部長が最後の一文字を消し終え、クリーナーを置く。

「初めのうちは気に食わない奴の財布だけ狙って、遊び感覚でやってたことが、〝練習〟って建前を付け始めてから見境がなくなって……しまいには、誰も自分たちのやっていることを止められなくなってた。だって止めようとするってことは、それが〝盗み〟だって認めることになるから。最初に言い出した一人が、それまでの全部を壊すことになる。そんな下らない理由で、こんなことを続けてた。……だから」

部長の長い髪が、暗い部室の中で揺れた。

「部外者の由樹ちゃんが、自分の意思で『やりたくない』って言ってくれた。それだけで、大きな意味があるんだよ」

明るい暗闇の中で、部長の言葉だけが私の耳に届く。

「土曜日の件、あれさ、意味分かんないよね」

部長がふと、思い出したように言う。

「家に帰ってもう一回考えたんだけど、やっぱり意味分からなかった。私、確かにカバンに入れたはずなんだ。手元見なくても入れられるように、予行演習もやってたし。だから誰かが私たちのカバンから盗んだものだけを抜き取って、それをそのまま会計して私たちのところに届けさせたんだと思うけど、それって意味分かんないじゃん。盗むとこ見たんなら、さっさと通報すればいいのに。こんな回りくどい事しなくてもさ。まるで」

そこで少し言葉を選ぶ様子を見せた後、部長は言った。

「私たちに『もうこんな事止めろ』って言ってるみたい」

私はドキッとする。それは正に、私がそう願い、小室彰が私に代わって伝えてくれた事だ。

「だとしたら、成功だね。家帰って暫くしたら、なんか馬鹿馬鹿しくなっちゃって。あんな小学生の子どもに盗んだもの届けられてオタオタしてるとか、一周回って笑えてきたよね。で、もうどうでもいいやってなったの」

そこで部長は、探るように私の顔を覗き込む。

「あれって、由樹ちゃんの仕業だったりする?」

やっぱり来た。当然の疑惑だ。どうしよう。白を切るか、それとも……。

と、私が何か言う前に、部長はぱっと掌をこちらに向けた。

「なんてね。正直、どっちでもいいよ。由樹ちゃんの仕業だったとして、どうやったのかは気になるけど、正直、どっちでもいい。誰かに見られて邪魔された。これ自体が失態なんだから、今更タネ明かししてもらおうなんて気はないよ」

いつの間にか部長は、窓際に戻っている。

「大丈夫。後始末はちゃんとやる。『演劇部が盗みをしてた』ってなると元部員の由樹ちゃんにもそれなりの目が向けられるから、あくまで私たちが独自にやってたってことにする。演劇部の解散は、それとは別で済ませておくよ。できるだけ大事にならないよう、先生と今まで盗んだ人との間で穏便に進めるつもり」

「……でもっ」

口から出ようとした言葉は、そのまま唇の手前で止まってしまう。

私もです、部長。私も、期待していたんです。

ただ周りの言う事に頷く事しかできないから、いつか何かしらの都合のいい偶然が起こって、先輩たちのしていることを止めてくれないかって。ヒーロー的な都合のいい存在が現れて、私を助けてくれないかって。自分から動くことなんて、考えもしなかったんです。

ヒーローはいました。でも、呼ばなきゃ来てくれないんです。助けてって言わなきゃ、助けてくれないんです。

そんな簡単なことに気が付かなかった、私の責任です。

言葉にはしなかった。言ったところで、笑い飛ばされるだけだろうから。

「はい、ここで問題。今何時でしょう」

部長の言葉で時計を見ると、いつの間にか昼休み終了五分前になっている。

「由樹ちゃんがここにいる限り、私がお昼を食べる時間はなくなります」

はきはきとしたコメンテーターのような口調が、部室内に溜まっていた最後の空気を取り払う。

私は何も言い返せない唇をぎゅっと結んで、軽く頭を下げる。扉を開けると、部屋の中とはまるで別世界のような廊下の光が目を刺す。

部屋を出ようとした時、背後に気配がした。振り向くと、部長が扉の前まで来ている。廊下の光が、部長の顔を照らす。

部長は笑っていた。

今までのような、私を説き伏せるための笑顔ではない。

どこか寂し気で、諦めたような、でもその裏で強い意思がこの顔をさせているのだと分かるような、そんな笑顔だ。

綺麗だ、と私は思った。

「じゃあね」

閉まる扉の向こうの暗闇に、部長は消えていった。

それから後の事は、詳しくは知らない。

部長の言った通り、一連の件の後始末は水面下で行われたようだ。あれ以来、放課後の教室で盗難が起きたことは今のところなく、一方で今までの盗難事件に関して犯人が名乗りでたとか、そういった話も聞かない。

ただそれ以降、部長や演劇部の先輩たちを学校で見かけたことはない。嫌な想像が頭をよぎったが、そもそも今までも部活以外で顔を合わせたことは数えるほどしかなかったし、部活を辞めて以来放課後は真っすぐ帰るようになったため、単純に私の学校での滞在時間が減ったからかもしれない。

それにもし、嫌な想像……最悪のパターンが当たっていたとしても、それはきっと部長とその他の関わった先輩たちが自らの意思で決めたことだ。私がそこに口を挟んだところで、部外者として突き放されるだけだろう。そういう意思を、あの日の部長の言葉からは感じた。

最後に部長と部室で話した日の放課後、D組の教室に行った。小室彰に、先輩たちが盗もうとした商品の代金を返すつもりで。

小室彰という生徒は、どこにもいなかった。教室にも、名簿の上にも。返すつもりだったお金をカバンにしまい、その日は帰路に就いた。

いつもの場所でバスに乗ろうとして、止めた。代わりに、小室彰に問いただされながら半泣きで帰ったいつかの道を、歩くことにする。何となく、そんな気分だった。

彼が何者だったかは、今となっては割とどうでもいい。ただ、僕も君と同じだと言った彼の話を、もっと聞きたかった。

それでいいのか、と言ってくれた彼の話を、もっと聞きたかった。

（小室君）

私は聞こえるはずのない言葉を、頭の中で呟く。

（次会ったら、返すね。お金とか……色々）

当然、返事は無い。代わりに、薄らと涼しい風が髪を撫で、それを合図のようにして車道を照らす街灯が一斉に灯る。

黄昏が心地よかった。暗闇よりも、心地よかった。

◆◆◆

「本当、演技の幅広いですね」

タイピングマシーンの如き勢いでキーボードを叩く石畳さんを横目で見ながら、僕は呟く。

「恐れ入ります」

石畳さんは声だけで答える。若干の皮肉も含まれている事は、気付かなかったようだ。

「あの時の眼鏡、いつもかけてるそれですよね。小学生の視力でも合うもんなんですか」

「恐れ入ります」

「やっぱりあれも、小学生の頃の自分をイメージして変身したんですか」

「恐れ入ります」

駄目だ。聞いてない。

土曜日の昼過ぎ。僕はファミレスで最後の報告書を仕上げる石畳さんに付き合っている。

さっき、鈴村由樹さんについての調査が一通り終わった。彼女の能力の発動確認と、ついでに……ちょっとした人助けを経て。

僕はそっと、石畳さんが文字を打ち込むパソコンの画面を覗き込む。

「対人迎合度、七十五%……え、あれで僕より低いんですか。犯罪にまで手を貸してたのに。基準が分かりません」

「それぞれのケースにおける尺度というものがありますから」

今度はちゃんとした答えが返ってきた。ふーん、と相槌以下の返事をしながら僕はテーブルに軽く突っ伏す。今頃、疲れが押し寄せてくる。

……今なら、答えてくれるだろうか。

「あの」

返事の代わりにタイピング音が聞こえてきたが、構わず続ける。

「なんで協力してくれたんですか」

口を付けていない、テーブルの上のアイスコーヒーが、カランと音を立てる。

「仕事ですから」

予想していた答え。それに対し、用意していた切り返しをする。

「自分で言うのもなんですけど、僕が勝手に立てたプランですから、何というか……石畳さんが協力する義理は無かったっていうか……正直、協力していただけないと思っていました」

僕が鈴村由樹さんに告げたプランは、僕の能力で万引きを阻止するというものだった。

実際は、彼女の能力が万引きを止めさせた。

ああいう言い方をしたから、きっと彼女も僕が超能力的な何かを使って助けてくれたと思っているだろう。案の定、最後まで自身の能力には気が付いていなかったようなので、彼女にイエスマンであることを悟らせないまま能力の発動確認と万引きの阻止をするという、三つの目標を同時にクリアできたことになる。上々だった。

しかし、僕が予定していたのはあくまで、万引きを止めさせるところまでだ。ひとまず、彼女を目の前の危機から救う事。根本的な解決にはならないかもしれないが、土壇場で立案を買って出たので、これくらいしか思いつかなかった。

その後彼女と彼女の先輩たちがどうなるかは、天に任せようと思った。もしかしたら、懲りずにまた再犯に走るかもしれない。鈴村さんも、一度は自分の言葉で「助けて」と言ってくれたが、また同じような意思表示を周りの人にできるだろうか。正直、不安要素を残したまま終わる予定だった。

だが、石畳さんが協力してくれたことで、事態は思いがけず収束した。

第三者のふりをして、彼女らが盗んだはずのものを彼女らに正当な形で返す。小学生に扮《ふん》したのは、第一印象で警戒されるのを防ぐことと、自分たちよりも幼い相手に犯行を目撃されるようなミスを犯したと思わせることが目的だったらしい。

「過剰な正当化、という言葉があります」

協力の申し出に驚く僕に対し、石畳さんは言った。

「元々は自発的なモチベーションやスリルによってしていた行為に対して思わぬ報酬が与えられると、その行為に対するモチベーションが減少するという心理過程のことです。万引きの動機は複雑な事情がない限り、基本的にスリルですから、危険を冒してまで手に入れたはずの商品がいつの間にか消え、しかも会計を済ませた状態で戻ってきたとなれば、万引きをした意味が無くなります。そうすれば、彼女らが窃盗行為に及ぶモチベーションはこれ以降、著しく低下するでしょう」

石畳さんの説明は相変わらず、分かったような分からないような感じだ。でも唯一、石畳さんが僕のプランに賛同し、アフターケアまで買って出てくれたということだけは分かった。

「石畳さんの言葉を借りれば、彼女らが今後どうするかなんて『関与するところではない』んじゃないですか」

実際、僕はそう言われると思っていた。

「関与しても、調査への不利益はないと判断したまでです」

そして石畳さんは、エンターキーを叩く。

「できました」

「……お疲れ様です」

報告書が出来上がった。これで今回の監視対象の調査は終了。休む間も無く、次の調査が始まる。

「私からも一つ、よろしいですか」

ふいに切り返されて、僕は面食らう。

「はいっ？」

「彼女を助けようと思ったのは、なぜですか」

石畳さんはＰＣをカバンにしまいながら、こちらを見ずに尋ねる。

「なぜって……」

なぜとか以前の話のように、僕には思えた。

人の言う事に従うしかなくて、その結果不本意な「自分」を押し付けられて。自分が発しているはずの言葉が、いつの間にか聞こえなくなっていく。

そんな人を助けるのに、理屈が要るとは思えない。

「……助けない理由が、無かったからです」

極めて消極的な答えを返してしまった。

「そうですか」

石畳さんがカバンを抱える。

「では、次からは私もそうお答えします」

夏の昼下がり、じりじりと雲の形が変わっていく。今日の黄昏は、さぞ眩《まぶ》しいことだろう。

「石畳さん」

「はい」

「さっきの発動確認の時の買い物代、研究費から落ちますか」

「所長に伺っておきます」

期待できなそうだと、僕は思った。

Ⅲ　黒煙のイエスマン

夜の高架下は、怒号と轟音《ごうおん》が渦巻く混沌《こんとん》と化していた。

「おいっ！　ざけんなや！」

スキンヘッドの男がだみ声を上げながら掴みかかって来るのを、俺は愛用のスケボーに乗ったままひらりとかわす。

「待てケンちゃん、下手に動くな……うげっ！」

止めに入ろうとした別の男が呻《うめ》き声を上げる。おそらく、俺の仲間が放ったバスケットボールがクリーンヒットしたのだろう。

コンクリートの壁に囲まれた空間で、無数のスケボーの滑走音と、ボールを地面に叩きつける音、そして連中の叫び声が反響する。

「あーやだやだ。突っ込むしか能がないんだから。……ほんじゃ俺たち、そろそろ帰りますわ」

ひとしきり奴らの縄張りを荒らした俺たちは、流れるように撤収する。撤収ルートは予め確保済みだ。金網の手前に所々、木箱を置いてある。それを踏み台にすれば、スケートボードに乗ったまま一瞬で金網を乗り越えられる。

「待てこらぁ！」

追いかけてくる連中は大抵、そのまま金網に激突することになる。スケボーに乗った人間を追いかけた勢いのまま金網に突っ込むんだから、そりゃ当然だ。脱出経路はいくつか点在しているので、連中は俺たちのうちの一人を追いかけているうちにいつの間にか他の二、三人を逃がしていることになる。

「くっそ、ナメよって！」

一人が横着するのをやめ、金網の向こう側に回り込んで待伏せしようと柱の方へ走っていく。

いい判断だ。でもお勧めしない。そっちには別動隊がいるからな。

「うわぁっ⁉」

柱の向こうへ回ろうとした一人が叫ぶ。その足元を、無数の黒い塊が駆け抜けてくる。

「何じゃ、この猫っ！」

高架下を走り回るのは、猫。一匹や二匹じゃない。この辺の野良猫の中でも精鋭揃いの、盛りのついた猫たち。しめて十五、六匹はいる。そんなのが放たれたらどうなると思う？　もう、パニック以外にないだろ。

「猫よりも利口になったら、また相手してやるよ」

そう言い捨てると俺はボードに乗ったままフェンスを飛び越え、混乱渦巻く高架下を脱出した。だみ声の男が何か叫びながら追いかけてきたが、俺が踏み台にした木箱の角へ腹を強打してその場に倒れ込んだ。

別動隊たちの脱出経路は心配ない。あいつら、どこからでも出入りできるからな。

人気のない裏路地をスケボーで滑走し、高架下から五百メートルほど離れた所で、停《と》めておいた原付に乗り換える。スケボーは専用のケースに入れて背中に回しておけば問題ない。

車通りの少ない夏の夜の大通りを疾走する。視界の端を飛んでいく無数の光は街灯なのか、店の看板なのか。前しか見てないから、いちいち分からない。

「よっす」

聞きなれた声と共に、仲間が一人、また一人と追い付いてくる。この合流が済むまでは、無闇にスピードを上げるわけにはいかないんだ。

「いやぁサムのシュート、冴《さ》えてたな。二、三人連続ヒットさせてなかった？」

俺の左にバイクを付けた仲間が、声を掛けてくる。

「おうよ。あいつら揃いも揃って木偶《でく》の坊《ぼう》みたいに突っ立ってるもんだから、ボール当てやすくて仕方なかったぜ」

　俺は笑いながら返す。サム？　俺の名前だよ。いや名前っつっても本名じゃないけど、ここではサムでいいんだ。皆がそう呼んでんだから。

「これでキューちゃんの彼女盗《と》られたお礼参りにはなったんじゃないの。どうよ、キューちゃん」

　俺はたった今後ろに合流した仲間に声を掛ける。今夜の主役だ。キューちゃんは俺のテールランプを反射した赤い眼でこちらを見ながら、洟《はな》を啜《すす》る。

「うん、うん……十分だよ。本当、ありがとう。すっきりした」

　そこでキューちゃんはふいに天を仰ぎ、叫んだ。

「うおぉーっ！　ざまぁみろクソ女ぁーっ！」

　俺たちは笑い、その叫び声を合図にハンドルを握り込む。エンジンが雄叫《おたけ》びを上げ、見る見るうちにスピードが上がる。

「サム」

　ふいに、背中を叩かれた。見ると俺の右側に、ナオトさんがバイクを付けている。

「お疲れ様」

　俺は胸が熱くなるのを感じる。ナオトさんの「お疲れ様」は、他のどんな労《ねぎら》いにも勝る。

「お疲れ様ッス！」

「いつも先陣切って動いてくれて、ありがとな」

「とんでもないッス！　俺はナオトさんに言われた通りやってるだけなんで！」

そうだ。俺はナオトさんに従っているだけ。それだけでこんなに強くなれる。怖いものがなくなる。

ナオトさんは軽くウインクする。流石、俺の右腕だ……そんな意味に見えて、俺は頬が紅潮する。いや、多分ただの自惚《うぬぼ》れなんだろうけど、でも嬉《うれ》しいんだ。嬉しさを誤魔化すため、一段とスピードを上げる。

「あいつら、無事に逃げたかな」

誰かが言う。あいつら、とはこの場合、猫たちのことだ。

「心配するだけ無駄だっての」

別の誰かが答える。実際、心配するだけ無駄だ。俺らみたいなガラの悪い奴らの所に、餌をねだってしつこくじゃれ寄ってくるような、強かな奴らだ。

「戻ってきたら、また増えてたりして」

「いやこれ以上増えたら流石に手に負えねえよ。供給過多。多頭飼育崩壊」

「何言ってんだ、お前増える度に嬉しそうな顔して餌やってんじゃねえか。しょうがねぇなもう、なんて言いながら、デレデレしてさ」

「野良猫にデレデレしてりゃ世話ねえな」

「だって実際可愛いじゃん！　うちペット飼うのずっと禁止されてきてんだからさぁ、ここでくらい触れあわせてくれよって」

「だーめだこりゃ」

馬鹿な会話に、馬鹿笑い。馬鹿になるのは心地よい。とっくに法定速度は超えているが、パトカーのサイレンが追って来る気配もない。田舎の国道なんてこんなもんだ。

今この時間だけは、俺たちは何にも阻まれず、どこまでだって行ける。阻まれないまま、俺たちは夏の空気を追い抜いていく。


俺たち？　ただのツーリングクラブ兼、動物愛好会さ。

……え、暴走族？　そう呼びたいなら、別に構わないよ。呼び方は各々に任せる。周りから何と呼ばれるかは重要じゃない。

俺たちが何者なのかは、俺たち自身がちゃんと知っている。

◆　◆　◆

「暴走族、ですか」

レトロな香りのする単語に、僕は首を傾《かし》げる。

「当然、本人たちにそのような認識があるかどうかは別です。深夜の公道を集団で、法定速度超過で走る行為を、たまたま暴走族と認識していない可能性もありますから」

僕は苦笑いする。無自覚の暴走族に対してではなく、相手の無知を冷静に観察するような石畳さんの言い方に、だ。

「暴走族。一九七〇年代半ば頃から、大人数で武装し街中を疾走する若者たちというイメージで定着していますが、その後の取り締まり強化に伴う小規模化、構成員の流動化を経て、今ではそこそこ希少な存在になりつつあります。今回の監視対象が所属しているグループは十数人ほどの構成員から成りますが、現代の日本においては規模の大きい方と言えるでしょう」

僕は手元の調査書を見る。とっくに内容を暗記した石畳さんが、僕が読むのに合わせてわざわざ暗唱してくれる。

「監視対象NO.3、佐倉《さくら》治《おさむ》。十七歳。一年ほど前から同年代の仲間と暴走行為を繰り返し、何度か補導されかけてもいますが、その度に仲間と連携して煙《けむ》に巻いています。家庭環境に関しては特に劣悪であるというような報告は確認されていませんが、強いて言えば両親の離婚を経て母親と二人暮らし。日中、時には深夜まで留守にすることが多いので、その間そういった仲間との接触によりグループに引き入れられたものと思われます」

「今回も高校生ですか」僕は鈴村由樹さんの事を思い出す。

「ってことは、グループの仲間は学校の同級生ですか」

「高校へは、入学当初から欠席傾向にあります。彼が所属しているグループのメンバーは学外の人間が多数を占めているようです」

石畳さんは調査書に書かれていない情報を、さらっと付け加える。

「そうですか……にしてもあれですね。迎合性対人夢想症候群って、随分若年層に固まって発現するんですね。ひょっとしたら僕なんか一番年上なんじゃないですか」

石畳さんは軽く頷く。……どっちに対してだ?

「縦断的な研究データが不足しているため仮説に過ぎませんが、若年層に集中して発現者が確認されるのは、自分より上の立場の人間に従う事を良しとする、近年の社会の風潮に起因するものと思われます」

「上の立場の人間……ですか」

「上下関係が全くないコミュニティというのは基本、ありえません。上司、先輩、もしくは自分よりも何かしらの能力において上回る同僚。そういった相手と同じコミュニティの中に置かれ、命令する・されるという関係に過度に順応した結果、発現するケースが多いと考えられます。木暮さん然り、鈴村由樹さん然り。……ですが」

生温《なまぬる》い夜風が、僕らの頬を撫でて去っていく。

「今回の監視対象は少々、特殊なケースのようです」

そうなのか……どうでもいいけど。実際、どうでもいい。

今、僕らの眼下にあるものに比べれば、正直監視対象のプロフィールなんて些細《ささい》な問題だ。特に、僕にとっては。

「石畳さん」

「はい」

「これはその……今回の調査に必要な感じですか？」

答えを予想しつつも、僕は聞く。案の定、石畳さんは頷く。

「今回の監視対象は比較的、構成員同士の結びつきが強いコミュニティに所属しています。前回のケースと比べ、監視対象自身の所属意識も高いでしょう。外部の人間として接触すると、警戒される恐れがあります。……こうした場合の合理的かつ、有効な手段は一つ」

振り向いた石畳さんの眼鏡が、不気味に光る。

「潜入調査です」

俺たちみたいな集団の事を、居場所のない若者の集まりだなんて言う連中がいるけど、もうちょっと生産的な見方をしてもらいたいね。

◆◆◆

正確に言うと、居場所のない若者が「新しく作った居場所」だ。

居場所の失くし方は人それぞれだ。俺の場合は、親の離婚がデカかったかな。

あれ以来、俺の憧れだった父さんは家からいなくなり、代わりに毎日家で待っているのは俺の顔色を窺ってばかりいる母親と、その母親が作り置きしている冷めた飯だけだ。

親の離婚が中三の頃。何とか高校には受かったが、父さんがいなくなったストレスはすぐに俺の素行に表れた。ただでさえ同じ中学の奴が少ない高校で、普段からやや荒れ気味だった俺はすぐに孤立した。

家と学校、二つの居場所を失くして、新しく得た居場所がここだ。

高架下で暴れ回った翌日。今日も俺は〝砦《とりで》〟に向かう。

原付を停めていつもの場所に向かうと、既に四、五人の仲間が集まっていた。おっす、よっすと軽く挨拶を交わし、背中のスケートボードをケースから出す。

〝砦〟っていうのは、俺たちの拠点になっている公園の呼び名だ。

ちょっとした高台にある、簡素な市営公園。大して背の高い建物もないこの街では、ほぼ辺り一帯を見渡せる場所だ。民家だの商店街だのアパートだの、そういった諸々の喧騒《けんそう》を静かに見下ろせるこの場所で、俺らはいつもバカ騒ぎをしている。

昔、地震で崩落した城跡の一部が公園になったらしく、そこから砦と呼ばれている。正確には市営第何公園とかそんな無愛想な名前が付いてんだろうけど、誰もそんな呼び方はしない。

砦のいい所は、誰の要請で設置されたのか知らないが、スケボー練習用のハーフパイプがある所だ。こいつのおかげで俺たちは日々、愛用のボードと共にテクニックの研鑽《けんさん》に明け暮れることができる。砦に対する不満は今のところ、原付がないと登って来るのに手間がかかるってことくらいだ。

このハーフパイプがあることで、日中の俺たちは「ボードの練習をしている仲間同士の集まり」という肩書を持てる。普通は日中、公園に俺らくらいの年代の奴らがたむろしてたら補導必至だけど、田舎のお巡《まわ》りは甘いよな。ストリートスポーツに精を出してるだけですって説明したら、あっさり帰っていくんだからさ。

さっき言ったように、ここは交通の便に関してはそこそこ悪いから、買い物途中に一休みしに来る親子連れなんかもほとんどいない。従って、俺らが占拠しても苦情が出ない。実質、縄張り状態だ。

代わりにここには、ちょっとばかり騒がしい客が来る。

「おっ、来た来た。昨日はまた、派手に暴れたな」

ハーフパイプに上り、ウォーミングアップがてら五分ほど滑った頃、仲間の一人が公園の入り口に向かって声を掛ける。

相手は、人間ではない。

「おいおい、また知らない奴交じってねぇか。昨日のどさくさに紛れてまた増えたのかよ」

俺はハーフパイプから降り、足元に群がるそいつらに……猫たちに向かって言う。彼らは俺を見上げて鳴き声を上げながら、ジーパンに爪を立ててガリガリやり始める。

「ちょいちょいちょい、やめろやめろ。ほら、ささみスティックあるから、ほらっ」

勝手にダメージ加工を施されてはかなわないので、俺は慌ててリュックからささみスティックのパックを出し、猫どもの意識を逸らす。

この街で野良猫の繁殖が問題になっているのは前から知っていたが、この〝砦〟がその野良猫たちの溜まり場になっていることを知ったのは、このグループに入ってからだ。

俺たちがボードの練習したりダべったりしてるところに、ふらっと集まってくる。街中じゃ無条件に餌を貰える所なんてまずないから、そういう意味じゃこいつらも居場所を追われてここに来てるんだ。

不良が動物に優しいって話、都市伝説だと思ってるだろ？　そうじゃないんだなこれが。俺たちみたいな、どうしたって周りの人間を遠ざけてしまいがちな連中にとって、偏見とか先入観とかそういうの抜きで近寄って来る奴らは、たとえ動物でも救われるものがあるんだ。

俺たちが座ってれば寄って来るし、餌をやれば食いつく。打算の全くない、本能的な反応。愛《いと》おしいと思うよ、本当に。

「今日も親バカしてんな」

ふいに頭に手を置かれる。気が付くと、ナオトさんが後ろに立っていた。

「あ、お疲れッス。親バカではないッスよ。善意の奉仕活動ッス」

「休日にチビたちと遊んでやってるパパにしか見えない」

「勘弁してください。こいつらが全員、自分のガキだったらたまんないッスよ」

口ではこう言うが、まんざらでもない。

「サムは日中限定で、子煩悩ですからねー」

「やめろって」

そんな軽口を言ってくる仲間も、いつの間にか膝の上にチビを一匹乗せている。

ここにいるメンバーはほぼ全員、互いの素性について何となく把握している。俺が家庭環境のストレスでいわゆる「普通の高校生」からドロップアウトしてきたということも、皆承知だ。

親バカ。子煩悩。……「親」ってのは子どもに依存した肩書だ。

その子どもに対してすら強気になれない母親を、俺はずっと疎んじている。

なぜ学校に行かないのか。いつも、誰と会っているのか。家に帰ってこない時、何をしているのか。そういった、当然問い詰めるべきことを、どうして問い詰めてこない。

いやいっそストレートに、良からぬ連中とつるむな、夜はちゃんと帰ってこいと命じてきてもいいくらいだ。

どうしていつも何かに怯《おび》えたように、俺の顔をただ見ている。

あんたは、俺の親じゃないのか。


「そうだ、サム」

「はいッス」ナオトさんに声を掛けられ、我に返る。

足元に群がる猫たちはささみスティックに夢中だ。全員に配ったつもりだが、手元にはまだ何本か余っている。初めて見る奴も交じってたからてっきり増えたのかと思ったが、全体数としてはいつもより若干少なめなのかと、足元の猫たちを目算して思った。

「今度また西高《にしこう》のグループと合同で周遊やるから、段取り組んでおいてもらえるかな」

「了解ッス！」

俺は威勢よく答える。周遊ってのはまあ世間様の言う、暴走行為のことだ。

「分かってると思うけど、あそこは中々やんちゃな連中が多いから、あんまり羽目を外させないようにしてくれ。周遊の途中でふらっといなくなって、気が付いたらお巡りに殴り掛かってたなんてことにもなりかねないからな。あと、ちょっとしたことでうちの連中と小競り合いにならないよう、その辺も頼む」

「やべー、サム責任重大」

先輩の一人が笑うが、俺は毅然《きぜん》と返す。

「任せてください！　間違ってもナオトさんの顔に泥塗るようなマネしませんから」

「おー頼もしい。流石我らが特攻隊長」

「ッス」

特攻隊長という時代錯誤な呼び方にはやや抵抗があるが、このグループにおける俺の立ち位置を表す言葉としては、まぁ間違っていない。

俺はナオトさんの右腕だ。たとえナオトさんがそう思っていなかったとしても、俺は勝手に右腕であり続ける。

ナオトさんは厳密に言えば、このグループのリーダーというわけではない。俺らみたいなグループは、意図的にリーダーを置かないことが多い。あまりに絶対的な上下関係は結果的にグループの基盤を弱体化させることが多いからだ。まあ大げさに言うと独裁とか、そういうのを防ぐためのシステムだ。

でもナオトさんは間違いなく、俺にとってのリーダーだ。

ナオトさんは自分を曲げない。自分を曲げない人間は周りの人間を見ないことが多いが、ナオトさんは俺たち仲間の事を第一に考えている。今グループにいる最年長世代の中で、一番皆に慕われているのがナオトさんだ。

俺がこのグループに入りたての頃。ここを自分の「居場所」と宣言していいのかまだ自信が持てなかった頃。ナオトさんは俺を、二人きりでのツーリングに誘ってくれた。夜の街灯の海を駆け抜けながら、ナオトさんは俺に言ったんだ。

「お前がいたいと思う場所は、お前を拒まねぇよ」

前を走るナオトさんから風に乗って飛んでくる言葉は、少しも途切れることなく俺の耳に、頭に届いた。

その時思ったんだ。この人はきっと、間違わない。この人についていけば、俺は大丈夫だ。

親の肩書を持っていながら俺に何の言葉も掛けようとしない母親《あいつ》とは違う。ナオトさんの指示は俺にとって絶対で、俺の指針だ。

これまでも、そしてきっとこれからも、決して揺らぐことはない。

◆　◆　◆

「お疲れ様です」

元の姿に戻った僕に、石畳さんが声を掛ける。

「……お疲れ様です」

「如何でしょうか。潜入調査の進捗は」

「冗談抜きで、生きた心地がしません。暴走族に潜入調査とか、もし正体バレたらと思うと……」

「今回の変装の特性上、正体がバレることはないと思いますけどね」

完全に他人事《ひとごと》の口調でのたまう石畳さんに、ほんの少しだけイラっとする。ほんの少しだけ。

「それで、監視対象とのファーストコンタクトの印象は如何でしょうか」

「うーん、まあ正直に言えば、学校サボって同世代の仲間と遊んでる高校生って印象ですかね。元気はいいです。見た限り、楽観的で明るいタイプ。今回も根拠はないんですけど、能力に気が付いてる様子はない……かなぁ」

月並みな言葉しか出てこないが、そんな報告でもとりあえず真面目な顔をして聞いてくれるところは、石畳さんの長所である。

「……あ、あと昨日、石畳さんが『特殊なケース』って言ってたの、ちょっと分かった気がします」

「と言いますと」

「一言で言うと、積極的に他者に従っている感じがします。その、僕とか鈴村さんの場合は、多かれ少なかれ不本意な気持ちを抑えつつ周りの人に迎合していたじゃないですか。それに僕ら以外でも、目上の人間に迎合して〝イエスマン〟なんて呼ばれるタイプの人って、納得できないまま従っているか、もしくは考えることを放棄して従っているか、そういう印象があったんですけど」

石畳さんは黙って頷く。……石畳さんの場合は、どちらだったのだろう。

「でも今回の監視対象の佐倉治君は、進んで相手の指示を遂行してるというか、それを生きがいにしてる感じがしますね。佐倉君……仲間内ではサムと呼ばれてるみたいなんですけど、彼はグループのリーダー格である御嶽直人《みたけなおと》を強く慕っています。さっきも、その御嶽直人から周遊……夜の暴走行為ですね。それの仕切りを任せるみたいな、そんな話をされてました」

「なるほど……やはりそうですか」

石畳さんはいつの間にか愛用のノートＰＣを取り出し、立ったまま片手でキーボードを叩いている。本当に器用な人だ。

「昨夜、我々がこちらに到着した一時間ほど前に、彼らが他の若者グループと小競り合いを起こしたという報告があります。原因はメンバー間での異性関係のこじれ……佐倉治らのグループが、相手グループの拠点である高架下広場を襲撃した模様です。襲撃といっても、夜間に突如スケートボードで乗り込み、ボールを当てるなどして挑発・攪乱《かくらん》した後逃げ去るという、まあ暴力団の抗争なんかと比べれば可愛らしいものだったようですが」

……それは「可愛らしい」のか？

「そしてその襲撃の際の突撃役を担ったのが、佐倉治。それも彼が心酔しているという、御嶽直人の指示だったようですね。明確な暴力行為ではないにしても、敵対グループの拠点に先陣を切って突入するというのは、そこそこ度胸を必要とする役割だったと思われますが、そんな役を買って出るほどの間柄ではあるようですね」

やはり、そうか。自分の尊敬している相手がいるから、その相手の命令に従う事に喜びを感じている。彼が僕や鈴村さんと違うタイプのように感じられたのは、それが原因だ。

「……あ、あと、監視対象個人に対する印象ではないんですけど」

「はい」

「暴走族って思ってたより……なんというか、和気藹々《わきあいあい》としてるんですね。オラついてるっていうか、もっと殺伐としたイメージだったんですけど、仲間とバカ話したり、野良猫の面倒見たり……学校とか家庭とかのコミュニティから逸脱してるっていう事以外は、普通に仲のいい同年代グループって感じです」

「木暮さんも、案外まんざらでもなさそうですね」

そういう話をしているのではない。

◆◆◆

昼過ぎ、コンビニにアイスを買いに行った後で砦に戻って来ると、蟬時雨《せみしぐれ》はほとんど止みかけていた。時折、近くの梢《こずえ》から思いついたようにジジッという短い鳴き声が聞こえる。

空は中途半端な厚さの雲で覆われている。降りはしないようだけど、この時間帯に夕焼けが見られないっていうのはすっきりしないもんだ。

「あれ、ナオトさん帰ったの？」

「ああ、ちょっと外すって言って出ていった」

ナオトさんは、リュックとボードを残していなくなっていた。代わりに、昼前に涼しい場所を求めてどこかへ避難していった猫《チビ》たちが数匹、戻って来ていた。

「にしても昨日遊んでやった連中、威勢だけだったなぁ。取っ組み合いにすらならなかった。俺、わざわざパンチンググローブ持って行ったのに」

誰からともなく、他愛もない話題が振られる。

「泣いてないといいけどな。昨日、遊び場を派手に荒らされたばっかりだし？」

「白々しいなぁ、当事者の筆頭がよ」

「人の女盗るからそういうことになるんだよ」

「うわ、キューちゃん根に持ってる」

「それに荒らしたわけじゃないよ。ボードの出張デモンストレーションしてやっただけ」

「うわ、じゃあ出張のギャラまだ貰ってねえじゃん。詐欺だわー」

「駄目だよ、ボランティア精神を持たないと」

晴れもしないし降りもしない、中途半端な空の下で、中途半端なバカ話が飛び交う。

その時だった。

パン、と爆《は》ぜるような音が、砦の空気を震わせた。

その場にいた誰もが一瞬、襲撃かと思った。噂《うわさ》をすれば何とやらってやつで、昨日の連中が砦を荒らしに来たのかと。

それならそれで、俺らには対応する準備がある。なんだかんだ言ってここは俺たちの庭だ。地の利は断然こちらにある。

しかし、数秒の間、警戒態勢を取って待ち構えても、バイクの軍団が乗り込んでくる様子は無い。代わりに、砦の麓から何やら騒がしい気配がする。

「おい、なんか煙出てんぞ」

仲間の一人が声を上げる。

砦から見て南西方向。古いアパートの並ぶ一角に、忘れ去られたように立つ廃ビルがある。

その廃ビルから薄っすらと、くすんだ色の煙が立ち上っている。

「何？　火事？」

「野次馬集まってる」

「何か爆発したんじゃねえか」

俺たちは砦の柵から身を乗り出して、廃ビルの様子を窺う。あそこは確か昔、証券会社か何かのオフィスが入ってた所だ。色々あって倒産した後は借主が見つからず、結局十年近くの間放置されてるって聞いたことがある。

「あそこ、ガス通ってんの？　てか人いないはずじゃん」

「誰か忍び込んで悪戯《いたずら》でもしたんじゃねえかな。どこかの……」

そこまで誰かが言って、一瞬、妙な沈黙が生まれる。皆の頭に、おそらく同じ予感がよぎった。周囲のただならぬ気配を察してか、そこら辺に寝転んでいた猫たちも鳴き声一つ立てず俺たちの様子を窺っている。

その沈黙を破ったのは、着信音だった。俺の携帯だ。

画面に表示された名前を見て、俺は身が引き締まるのを感じた……ナオトさんだ。

「はい、お疲れ様ッス」

「サムか。今、そっちにどんくらいメンバーいる？」

「はい、えっと俺とキューちゃんと……今いるのは六人ッス」

「猫は？」

「はい？」

「猫は来てない？」

「あ、はい来てます。いちにいさん……四匹くらい」

そこで一瞬、沈黙が降りる。俺はナオトさんの質問の意味を測りかねた。

「あの、何かヤバ……」

「ちょっと、そこにいる全員で至急、来てくれないか」俺の言葉を遮り、ナオトさんが言う。「こっちももう何人か、合流してるから」

「わ、分かりました！　全員ですね！　……えっと、猫も連れていきますか？」

「人間だけでいいよ」ナオトさんがぴしゃりと言った。

「場所は……」

◆　◆　◆

「石畳さん」僕はようやく追い付いた後ろ姿に向かって言った。「近くの廃ビルで火事みたいです」

「そのようですね」

かなりのスピードで疾走した後にもかかわらず、石畳さんは少しも息を切らしていない様子で言う。その視線の先には、黒々とした煙を無尽蔵に吐き出している廃ビルがある。

「事故でしょうか」

「あそこは無人のビルです。事故が起きるにしては不自然ですね」

そう言いつつ石畳さんはカバンから携帯を取り出し耳に当てかけたが、ふと廃ビルから視線を横にずらす。

ビルの周囲には騒ぎを聞きつけた野次馬が集まっている。消防車はまだ到着していない。ビルの両側には背の低いアパートが立っており、もらい火を恐れた住民たちが外に避難しているところだ。

そのアパートの裏手から、野次馬や避難住民のものとはまた別の、大人数が駆けていくような音と怒声が聞こえてくることに、僕も遅れて気が付いた。

「小暮さん」石畳さんは鋭く言った。「監視対象が御嶽直人に呼び出されたと仰いましたね」

「はい、だから石畳さんを呼んだんです」

人のざわめきや煙の臭いに混じって、遠くからバイクのエンジン音が立て続けに聞こえてくる。

「呼び出されていたのは、向こうの裏の空き地です」

◆
◆
◆

「おい」

ナオトさんがしゃがみ込んで声を掛けると、そのスポーツカットの男はびくっと身体を縮こまらせた。

「何もしねえよ。聞きてぇことがあんだ」ナオトさんは何もしない、の意で両掌を顔の横に上げる。「あれ、お前らの仕業か？」

スポーツカットは恐る恐る顔を上げる。思いのほか幼い顔がナオトさんを見つめ、小さく頷く。

ナオトさんから呼び出された俺たちは、もうもうと煙を上げる廃ビルの裏手の空き地で一人の男を問い詰めていた。昨日俺たちが遊んでやったグループのメンバーだ。

火事発生直後、たまたまビルの近くにいた俺たちの仲間が、騒ぎを聞きつけて現場に急行。そこで、バイクに乗って一目散に逃げていく連中を目撃する。その中で一人、バイクの鍵を失くしてもたもたしていたこの男を、その場でひっ捕らえたらしい。ナオトさんと合流した俺たちは、仲間がその男を押さえているというこの空き地にやって来た。

「あれか、俺らの拠点だと思って火つけたのか？　だとしたら悪戯じゃ済まねえぞ」

「ち、違うよっ。ただの自己満だよ」

「自己満？」ナオトさんが手を下ろす。

「あんたらをどうこうしようとか、考えてないよっ。ひ、火つけるつもりだって、別に無かったんだ。誰かがふざけて、俺マッチ持ってきたけど誰か使う？　とか言ってたら、ケンちゃんがそれ取り上げていきなり火つけて……」

ケンちゃん。薄っすらと覚えがある。昨夜の高架下での騒ぎで、俺を捕まえようと躍起になっていただみ声君が、そう呼ばれていたような。あの気性の荒さからすると、衝動的に火を放つこともありえなくはない。

「俺はヤバいよって言ったんだよっ。でもケンちゃんがこれくらいが丁度ええんじゃって言って……あのビル、捨てられた資材とか普通に残ってるんだよ。引火したらマズいって俺言ったのに、案の定……」

「分かった分かった。で、結局何のためにあのビルに入ったわけ？　ツーリング中にたまたま面白そうな遊び場見つけたから、落書きでもしてやろうってか？　それとも人目に付かないところで、なんか悪さでもするつもりだったの？」

傍で聞いていた仲間が口を挟むと、スポーツカットは口をつぐんだ。その様子を見たナオト先輩は、スポーツカットに一歩にじり寄る。

「うちら今、ここにいるメンバーでほぼ全員なんだけどさ」

「……………」

「それとは別に、いつも来てる連中がいるんだよね。で今日、そいつらが朝からどうも少ない気がすんだけど」

ナオトさんは静かな口調の中に威圧感を込め、スポーツカットに詰め寄っていく。そこで俺は、ナオトさんが何を案じているのか、ようやく気が付いた。

ナオトさんは、ゆっくりと、針を差し込むように尋ねる。

「うちの猫共、知らない？」

スポーツカットはナオトさんから目を逸らし、唇を強く噛《か》みしめる。

その反応が、何よりの返答だった。

消防車はまだ来ない。

そもそも、誰かが通報しているかどうかも怪しい。火をつけた当事者たちは後始末などそっちのけで一目散に逃げだした様子だったし、一方でビルを取り巻く野次馬はもうとっくに誰かが通報しているだろうと高を括っているようで、皆どこか他人事の様子で勢いを増す火の手を見物している。

「え」

ナオトさんの言葉に、俺は思わず聞き返した。

「離れるぞ。この場を、今すぐ。ここにいても不都合な事しかない」

ナオトさんは有無を言わさぬ口調で、その場にいた全員に告げる。事情聴取していたスポーツカットの男は、ナオトさんの尋問が終わるとおぼつかない足取りで脱兎《だっと》の如く逃げていった。

「確かにあいつの言ったように、俺たちに濡《ぬ》れ衣《ぎぬ》を、とかそういう話じゃなかった。でもこんな現場に不良グループがたむろしてたら、何の疑いもかからない方が不自然だ。サツがここら一帯を封鎖する前に逃げるぞ」

ナオトさんの言うことはもっともだ。俺たちも、この辺の住民から顔くらいは認識されている。どういうグループかも、当然。見咎められていい事があるはずはない。

しかし。

「……ナオトさん」

俺はおずおずと声を上げる。

「あいつら、どうするんッスか」


スポーツカットの男が言うには、こうだった。

昨日、俺たちが高架下で暴れまわった後、高架下に放たれた猫たちのうち何匹かが捕らえられた。……それを聞いた時、俺は目を剝《む》いた。あんなにすばしっこくて気性の荒い奴らを捕まえられるものだろうかと。

しかし、昨夜の高架下には、野良猫を捕らえるための装置が意図せずして設置されていた。木箱だ。俺たちがフェンスの外に逃げる際の踏み台としてあちこちに置いておいた木箱が乱闘の中でひっくり返り、いつの間にか野良猫たちの上に覆いかぶさってしまっていたということだった。

俺たちの襲撃に対しほとんど何もできず鬱憤が溜まっていた連中は、俺たちが使っていた野良猫軍団の一部を捕らえたことで、してやったりと得意げになった。そして連中のように思慮のない人間は、その場のノリでどんなに無茶な方向にも舵を切れる。

連中は、捕まえた野良猫たちを段ボール箱の中に入れ、封をして閉じ込めた。最初は、召し捕った猫たちをダシに俺らを挑発して呼び出してやろうという流れだったらしいが、仮に呼び出したとして俺たちに喧嘩《けんか》で敵《かな》うかと言われると、自信を持てる者はいなかった。なにせ昨日の今日だ。

それでもグループ内の強硬派、特にだみ声の男を中心とする何人かの勢いに押され、捕まえた野良猫たちを連れてひとまず俺たちの拠点があると思しきエリアまで来た。拠点の詳細な場所を知っている者はいなかったため、ひとまず目に留まった適当な廃墟《はいきょ》に乗り込んだ。

どうにかして俺たちの拠点を割り出しこのビルに呼び出せば、迎撃態勢万全の状態で俺たちと闘えると主張する強硬派と、やっぱり気が進まないし第一サツでも呼ばれたらマズいと主張する他のメンバーとの間で意見が衝突。挙句、しびれを切らしただみ声の男が仲間のマッチを奪い、唐突に床に火を放ったということだった。

メンバーは捕まえた猫たちを段ボール箱に入れたまま放りだし、そのまま一目散に撤収。……ここまで聞けば、この状況がいかに緊急事態か、察しの悪い俺でもすぐに分かる。

あの炎の中に、猫たちが取り残されている。

ナオトさんの反応が無かったので一瞬、聞き流されたかと思ったが、俺が視線を外さずじっと見つめていることに気付くと、短く溜息をついて言った。

「無理だ」

たった三文字の意味を呑み込めず、俺は混乱する。

「助けにいかないのか、ってことだろ？　無理だ。段ボール箱に閉じ込められた状態で周りに火つけられてんだ。十中八九、死んでる」

「でも」俺は唐突に渇きだした口を無理やり動かす。

「あいつらの話だと、箱に直接火つけられたわけじゃないッスよ。仮に床から燃え移っても、そこから箱が焼けて壊れて脱出できてるかもしれないッス。それでとっくに火の回ったフロアで、逃げ場が無くて途方に暮れてるかも」

「そうかもしれないし」返って来たのは、いたって冷静な声だった。「そうじゃないかもしれない」

先輩の言わんとしていることは分かる。憶測で話を進めている限り、憶測で返されても文句は言えない……そしてこの程度の憶測では、先輩の判断を変えるための十分な決め手にはならないようだった。

「連中が火をつけたってことが分かった時、真っ先に思ったのは、うちのメンバーのうちの誰かが巻き込まれている可能性だ。誰かが連中に捕まって廃ビルでボコられてて、その途中に何かのはずみで火がついたんじゃねえかって。もしそうだとしたらそいつが取り残されてるかもしれねぇから、すぐにメンバーの現状確認をしたんだ。でも結果的に全員無事で、さっきの奴から裏付けも取れた。これ以上ここにいる意味はない。分かるな」

ナオトさんは静かな、しかしずっしりと重みを持った声で俺に言い聞かせる。

「……ッス」

結局俺は、最小限の同意をもって、自分の心にけじめをつけることにした。

ナオトさんは再び微かな溜息をつき、他のメンバーに撤収指示を出し始める。

ナオトさんの決めたことだ。常に正しい、ナオトさんの。未熟な自分の憶測を真に受けて火中に飛び込むなど、非合理極まりない。そうだ。冷静に考えたらその通りじゃないか。俺は一体何を言っていたんだ。火災現場という非日常的なシチュエーションで、一時的に興奮していたのかもしれない。我儘《わがまま》を言ってナオトさんを煩わせるなんて、言語同断だ。

そんな俺を尻目に、ナオトさんは表通りに向けて踵を返す。そしてその刹那、小さな声で呟く。

「仲間の安全が、最優先だ」

その言葉は、聞き流すにはあまりに衝撃的すぎた。

仲間の安全が、最優先。……つまり。

あの猫たちは、「仲間」に含まれないということ。

いや、考えすぎかもしれない。ナオトさんには、そこまでの含みは無かったかもしれない。ちょっとした言葉の綾《あや》かもしれない。俺の思い込みかもしれない……どれだけ「かもしれない」を並べてみても、その衝撃は消えなかった。

「……ナオトさ……んっ」

呼び止めようとした声は、自分にすら聞こえないほどの音量で、火事場の喧騒の中に消えていく。

ナオトさんは仲間を連れて、引き上げていく。キューちゃんが少し躊躇うように俺の顔と燃える廃ビルを何度か見比べたが、そのうち無理やり決心したような顔をしてナオトさんたちに続く。

思えば当然だ。ナオトさんはいつも、仲間のために行動してきた。

昨日の高架下の襲撃で、連中を攪乱し俺たちが無事に撤収できるために、撤収時に猫を放つよう指示したのもナオトさんだ。

連中がビルに火を放ったのに気付き、俺たちのうちの誰かが巻き込まれていないかいち早く確認を取ったのも、ナオトさんだ。

いつだって、俺たちのことを第一に考えてきた。そのために何を切り捨てるかは、ナオトさんが決めることだ。そして俺は、ナオトさんに従う。

俺は、ナオトさんの右腕だから。

俺は、その場から動こうとしない自分の足を、地面から無理やり引き剝がす。そしてナオトさんたちの後に続こうとした……その時だった。

視界の隅を、灰色の小さな影が駆け抜けていった。

それはギリギリ目で追えるほどの速度で路地を横切り、塀の上に飛び乗る。

猫だった。

小柄な灰色の猫が、燃え盛るビルの裏口に面した塀の上に立っている。

姿をしっかりと捉えられたのはその数秒で、確信はないが、初めて見る印象ではない。

おそらく、今朝砦に来ていたうちの一匹だ。

塀の上に立ったまま、猫がちらりとこちらに目を向けた……ように見えた。もしかすると、俺がそう思いたかっただけかもしれない。

猫は小さな身を翻し……あっという間に、煙を吐くビルの敷地内へ飛び込んで行った。

「……！　おいっ！」

その行動が尋常ではないことは、俺にも分かる。炎なんて、動物の生存本能からすれば最も避けるべきものだ。そんな動物としての生存本能を無視し、猫が火事場に自ら飛び込んで行った。中に何かあると、直感で察知したからだ。何が？　……この状況で考えられる可能性は、一つしかない。

　仲間、だ。

「……っ」

　俺は遠ざかっていくナオトさんたちの姿を見る。皆足早に現場から去っていく。こちらを振り返っている者は、もういない。

　もう一度、猫が消えていった敷地内に目を向ける。火元は三階だ。階下に火が回るとは考えにくいが、天井が焼け落ちて降って来る可能性などは十分にある。小さな動物が無事でいられるような環境ではない。

　立ち尽くしているわけにはいかなかった。どちらかに踏み出さなければ、どうしようもない。

　ナオトさんの言葉が、脳裏をよぎる。

『お前がいたいと思う場所は、お前を拒まねえよ』

　あいつらは……砦に来ていた、小さな仲間たちは。

　ここにいたいと、思っていたはずだ。

　その瞬間、突き飛ばされたような勢いで、俺は走り出した。黒煙の渦巻く、廃ビルに向かって。

「……イカれてんだろ」

俺は目の前に迫る死の要塞を見上げながら、吐き捨てるように呟く。誰に対して向けた言葉なのかは分からない。放火した上に動物を放置して逃げた、連中に対してなのか。死地に自ら飛び込んでいった、さっきの猫に対してなのか。一緒に敵地に攻め込んだ「仲間」を置いて撤収指示を出した、ナオトさんに対してなのか。

それとも、初めてナオトさんの指示を無視した、自分に対してなのか。

ビルの中は、灰と熱気が渦巻いていた。

眼の中にチリチリとした痛みが走る。まともに開けていられない。俺はポケットからよれたハンカチを取り出して口に押し当てたまま、煙の渦の中を走り抜ける。まだかろうじて原形を留めている階段を駆け上り、悲鳴を上げる肺を無視しながら三階へ躍り出る。

「っっ……」

そこは、橙色《だいだいいろ》の地獄だった。

まるでフロア全体を支配するかのように、炎が全てを阻み、揺らめいている。その熱の牙によってコンクリートの壁はボロボロに砕かれ、また割れた窓から絶えず黒煙が噴き出しているのにもかかわらず、室内は依然として漆黒に満ちている。

その真ん中に、小さな影が二つ、うごめいているのが見えた。

俺は今自分を動かしている衝動と狂気を全て動員し、炎の化け物の中へ突入する。

二つの影は、寄り添うようにしてフロアの中央に佇んでいる。その周囲には、何かが焦げて縮れたような黒い塊が散らばっている……おそらく、彼らを閉じ込めていた段ボール箱の残骸だ。

俺の足音を察したのか、二つの影のうち、一方がこちらに気付いた。そして……今度は気のせいではない。はっきりと、助けを求めるように、俺に向かって鳴き声を上げる。

「おい、来たぞ。もう大丈夫だ」

伝わるはずのない声を掛け、俺は影の傍にしゃがみこむ。

二つの影のうち、俺に向かって鳴いてきたのは案の定、先程ビル内に駆け込んでいった灰色の猫のようだ。煙が絶えずフィルターをかける視界の中で、かろうじて身体の小ささだけがそいつを識別する手がかりだった。

もう一匹は、鳴いてはいない。身体を床に横たえ、ぐったりと傍にいる仲間の方を見ている。灰色の方に比べて、身体が大きい、特に……そこまで目を走らせた時、俺はなぜこの猫だけがこの空間に取り残されているのかを察した。

その猫は、腹部が大きかった……身籠っているのだ。

俺は全身に警報を送り続ける脳を回転させ、状況を読み取る。おそらく、燃えて破れた段ボール箱から他の猫たちが脱出し、割れた窓から飛び出していく中、腹に子どもを抱えたこの猫だけ逃げ遅れてしまったのだろう。もたもたしているうちに、一酸化炭素が充満し動けなくなってしまったようだ。

俺は地面に横たわる猫を抱き上げた。微かに反応がある。まだ生きている。抱き上げる時、ガラスの破片が散乱する床を手の甲が滑り、切れる感触があったが、そんな事に構ってはいられない。

「おらっ、行くぞ」

俺は自力で動けそうなもう一匹に声を掛け、なお俺たちを引き留めようとするように渦巻く火の手から逃れ、階段へ駆け戻る。そして生還への一歩を踏み出した……その時だった。

轟音と共に、目の前にある階段が一瞬のうちに焼け落ち、視界から消えていく。

「⁉」

俺は何が起きたのか呑み込めず、目の前にできた巨大なコンクリートの絶壁を覗き込む。

眼下には、今の今まで俺たちを安全に外まで送り届けてくれると思っていた強固な階段が変わり果てた姿で崩れ落ち、粉々になって横たわっている。

俺は再び前方を見る。崩れ落ちたのは、三階と二階の間の踊り場までを繋ぐ部分。目測、約五メートル。落差も同じくらい。

……俺の立ち幅跳びの記録、何メートルだっけ。そんな場違いなことを考え、そこで自分が学校の身体測定を受けていないことを思い出し、そして次の瞬間にはそれらの思考を全てシャットアウトしていた。俺は猫を抱えたまま数歩下がった後、その数歩で可能な限りの助走をつけ、コンクリートの絶壁を飛んだ。

足の裏が空を掻く。

対岸の踊り場が目の前に迫り、力の限り伸ばした俺の足はその対岸をしっかりと踏みしめ、そして……滑り落ちた。

あっ、と思う間もなく、着地するはずだった踊り場が視界から遠ざかっていく。

咄嗟に抱きかかえた母親猫の重みだけが、やけにリアルだった。

次の瞬間、背中に強い衝撃が走り……世界が消えた。

星が飛んでいる。

暗闇の中を、一つの小さな星が。時折瞬きながら、微かな唸《うな》り声を上げてこちらに向かってくる。

近付くにつれ、それが星ではないことが分かった。ヘッドランプだ。低いモーター音と共に、一台のバイクがヘッドランプを輝かせながらこちらに向かってくる。

乗っているのは……ヘルメットに隠れてなお不思議と視認できるその顔は、ずっと昔てしまった人。

から知っている顔だ。かつて尊敬していた人。今はもう……自分の傍から離れていって

（父さん……）

父親が、エンジンの音を響かせて暗闇を走って来る。

そうだ、父さんもバイクに乗っていたんだっけ。父さんの姿を真似《まね》るつもりで、自分も原付に乗るようになった。最初は、父さんと一緒に走りたかったから。今は……。

俺の目の前まで来た父さんは俺に気が付く様子もなく、走り抜けていく。その刹那、一瞬目と目が合った……と思ったのと同時に、父さんの姿が揺らぎ、一つだったヘッドランプが無数の光の群れへと分裂する。

消えた父さんの代わりに現れたのは、何台ものバイクの集団。どの車体にも見覚えがある。どの乗り手にも見覚えがある。普段から見ている、光の群れ。普段は自分もその中にいる、光の群れ。

そして、その先頭で一際強い光を放ちながら、バイクにまたがっているのは。

あの人は……。

あの人は、誰だったっけ。

聞き覚えのある電子音で、俺は目を覚ます。

暗い視界の遠くに、焼け落ちた階段の裏側が見える。俺は廃ビルの床に倒れていた。ここは……記憶よりも先に、激しい熱気と刺激臭、そしてむせかえるような灰が顔を覆い、俺は激しく咳《せ》き込む。

そうだ。崩れ落ちた階段を飛び越えようとして……落ちた。床に叩きつけられた衝撃で一瞬、気を失っていたらしい。

視界の外から、場違いなほど軽快なメロディーが聞こえる。倒れた体勢のまま右を向くと、ポケットから滑り出たスマホが着信を告げている。その傍で、灰色の小柄な猫が、こちらの無事を窺うようにちょこんと座っている。

ふと、腹に重みを感じ、俺は起き上がろうとした……途端、右脚に激痛が走る。

膝から下が動かない。何かに挟まれているのか、もしくは落下した際に折れたのか。かろうじて首だけを起こすと、俺の上に腹の大きな猫が横たわっているのが見える。その姿を見た瞬間、小さな安堵《あんど》が溜息になって漏れた。どうやら、この猫をコンクリートの上に叩きつけることだけは回避できたらしい。

俺は左手で腹の上の猫の感触を確かめつつ、右手を伸ばして震えるスマホを取る。画面に表示されていたのは……知らない番号だ。

この状況で電話をかけてくる場違い野郎は誰だ、と思いつつ、猫を抱えて火事場で倒れている自分の状況の方が異常であることを思い出す。俺は応答ボタンを押した。

「……はい」

「サム？　生きてるか。俺だ。ナオトだ」

ナオト。……ナオトさん。

その名前を認識するのに、数秒かかった。ナオトさんからの着信なら、名前が表示されるはずなのだが。

「サム、今どこだ。ビルの中にいるんだろ」

俺は首を動かす。どこ……ここ、どこだっけ。三階の階段から落ちたから……。

「……二階です、多分」

「見つけられたか」ナオトさんは緊迫感を孕《はら》んだ、しかしどこか冷静さを感じさせる声で続ける。「猫」

「はい」

……猫。俺が猫を助けに残ったって事、何で知ってるんだ？

「じゃあ、近くの窓を探せ。二階だったら飛び降りてもギリギリ何とかなる。猫は自分で着地できるから大丈夫だ。今、出入り口が瓦礫《がれき》で塞がってて、俺もビルの中に入れない。お前が窓から顔出したら、俺が下で……」

何の話をしているんだろう。窓から……脱出？　……瓦礫？

……ああ、そうか。

ナオトさんは、俺を助けようとしてくれているんだ。

「……すんません、無理ッス」

「は？」

「脚、やられてます。多分、折れたかどっかに挟まってるか……さっき、階段から落ちたッス。ちょっと動けそうにないッス」

「動けないって……手は？　手は動くだろ？　なんとか這《は》いずって窓まで行け。でないと……」

「いや、いいッス」

「いいッスって何だ」

「ナオトさんの指示無視したの、俺なんで」

電話の向こうで、沈黙が流れる。

「生きてるかも分からない猫のためにわざわざ火事場に突っ込んで、結局一匹以外全部自力で逃げてて、その一匹抱えて逃げるのに足滑らせて……百パー、俺の過失なんで。なんでもう、いいッス」

「いいッスじゃねえだろっ」

ナオトさんが声を荒らげる。不穏な空気を察したのだろうか、灰色の猫が心なしか、そわそわし始めた。

「お前、俺の指示無視して勝手してんのに、その上勝手に死ぬ気か」

勝手に死ぬ。……なんかいいな、その表現。駄目だ、頭が回らなくなってきた。

「そうッスね」

「そうッスねじゃねえ。おい、聞いてんのか。一酸化炭素で頭回んなくなる前に、さっさと動け。でないとお前、マジで死ぬぞ」

そっか。さっきから頭がぼーっとするのはそのせいか。じゃあ多分もう、手遅れだ。

「……すんませんした」

「あぁ？」

「ナマ言ってすんません。ナオトさんの言う事は全部正しいって分かってんのに、勝手してこうなりました。自分の責任なんで、自分でけじめつけます。ナオトさん、サツ来る前に逃げてください」

そうだ。当然の結果だ。

ただの不良高校生の俺が、敵グループの拠点に先陣切って乗り込むような人間になれたのはなぜだ。強くなった気になれたのはなぜだ。ナオトさんの言う事に従っていたからだろ。撤収指示を出すナオトさんに背を向けてここに飛び込んできた時点で、俺はその〝強さ〟を自分から手放したんだ。それでこのザマ。何の不思議もない。

受話器の向こうで、息を吸う音が聞こえる。きっと怒鳴られる。最期に聞くのが、ナオトさんの怒鳴り声か。悪くない。悪くないな。俺は目を閉じて、憧れだった人から雷が落ちるのを待つ。

しかし、聞こえてきたのは、深い溜息だった。

「いたたまれないですね」

「……え？」

唐突な敬語に、思わず瞼《まぶた》が開く。

「自分を本当に動かしているものが何なのか、死の危機に瀕《ひん》してもなお気付かないとは……気の毒が過ぎます」

……ナオトさん？

「他人に従わなければ強くなれないと、本気でお思いですか。人間がそんなにやわな生き物だと、本気でお思いですか。貴方は……ご自身の何を、そんなに疑っていらっしゃるのですか」

声は確かに、ナオトさんだ。でも、喋り方が明らかにおかしい。あの人は俺のことを絶対に「貴方」なんて呼ばない。こんな過剰な敬語を使って喋ったりしない。こんなに他人行儀じゃない。

電話の向こうにいるのは、誰だ？

「……あの、一体……」

「貴方に指示を差し上げます」

「はいっ?」

電話の相手は、おもむろに言う。

「貴方という人間が他者の指示により真価を発揮すると仰るのであれば、今から貴方に指示を差し上げます。私が言ったことに対して、ただ頷いてください。何も考えることなく、疑問を持つことなく、それが貴方を救ってくれると信じて、たった一言……『イエス』と」

言っている意味が、本当に分からない。一酸化炭素で鈍る頭のせいか、それとも瀕死の状態で難しい話を聞かされているせいか。

ただ、諦めかけた俺を今まで叱咤《しった》していたのがナオトさんではなく、ナオトさんの名を騙《かた》る誰かだったと思うと、なんだか急に納得できなくなってきた。なんでこんな事言われなきゃいけないんだ。こちとら、動物の命助けようとしてんだぞ。

「いやあの……すいません、あんた一体……」

「いいですか。では、お伝えしますよ」

なんなんだもう。なんか、どうでも良くなってきた。

こんな、馬鹿みたいに熱くて痛くて苦しい地獄みたいな場所で、猫二匹に囲まれてイタ電の相手してんのか、俺。なんかもう滑稽を通り越して、呆《あき》れてくる。

「……分かったよ」

　付き合えばいいんだろ。どっちにしろ、死ぬんだし。

「まず、貴方の脚ですが、折れていません。左右ともに、健康そのものです」

　……何を言い出すのかと思えば。

　右脚は依然、動く気配がない。左脚は若干曲げることはできるが、立ち上がるには力不足だ。

「いや、無理だってさっき……」

「健康そのものです」

　駄目だ。聞いてねぇ。

「では、そこにいる猫を抱えて立ってください。そして、そのまま一番近くにある壁を蹴破って、そこから飛び降りてください」

　俺は絶句する。

「着地する際、地面の瓦礫にだけご注意を。できるだけ軟着陸で、抱えている猫に衝撃を加えぬようお願いします。先程も申し上げた通り、もう一匹の方は自力で脱出できますので、気にしなくても問題ありません」

　何を言ってるんだ、本当に。

　この状態から立ち上がるのみならず、壁を蹴破るとか。普段の俺でも無理だよ。

「……あんた、イカれてんだろ」

「佐倉さんには及びません」

ナオトさんの声が、俺を佐倉さんと呼ぶ。完全に偽者だ。間違いない。

一際濃い熱気が、顔に吹き付ける。近くに燃えて崩れた瓦礫が落ちてきたのかもしれない。

「佐倉治さん」

ナオトさんではないナオトさんの声が、今にも焼けそうな俺の鼓膜に届く。

「返事を」

有無を言わさぬ、って感じか。いいよもう。

俺は頭上で焼けて黒ずんでいく階段を見上げながら、投げやりに呟く。

「……いえッス」

その時だった。

突如、視界がガクン、と傾く。

同時に、今までぼんやりと階段を見上げていた頭に、異常な遠心力がかかるのを感じる。

「⁉」

突然の事に面食らった俺は首を傾け、自分の身体を見た。

床の灰で黒く汚れた俺の左腕は、先程まで腹に乗っかっていた猫をしっかりと抱きしめている。その下には、これまた煤けたジーパンと靴。階段の残骸が残る床の上に、特に問題なく立っている。……立っている！

「……どうなってんだ」

先程までの激痛はどこへやら、俺の脚は脚としての役割を完璧に果たしている。その場で軽く跳んでみる。膝も問題なく曲がる。ビル一階分の高さから落ちた人間の脚とは思えない動きぶりだ。

ふと、右手に持ったままのスマホを見る。いつの間にか、通話が終了していた。画面には依然、見覚えがないままの番号が履歴として表示されている。

俺が呆然としていると、おもむろに自分の足が勝手に後退し始める。

「うお、おい」

そして数歩下がった後、膝が軽く曲がり、身体の重心が下がる。今の今まで自分の意思で動いていた脚が、まるで誰かに操られているかのようだ。

俺はふと、前方に目を向ける。

前方、五メートルほどの距離の先に、二階と一階を繋ぐ踊り場の壁がある。焼けてボロボロになっていた三階の内壁と異なり、こちらはまだ分厚いコンクリートの壁を保ち、俺の前にしっかりと立ち塞がっている。

「……まさか」

ナオトさんの偽者が言っていた言葉を思い出す。その不穏な予感をなぞるように、俺の脚が一歩踏み出す。

「ちょ、待て待て待て待て」

俺の抵抗も空《むな》しく、俺の脚は目の前の壁へ向かって着実に速度を上げていく。背後で灰色の猫がにゃあああ、と鳴き声を上げるのが聞こえた。

「おいおいおい！」

目の前に、無機質なコンクリートの塊が迫る。

ぶつかるじゃん。え、俺、壁にぶつかって死ぬの？　火事場で？　焼け死ぬとかじゃなくて？

そして壁の手前に着いた刹那。俺の左脚を軸にして右脚が大きく振り上げられる。

「!!」

俺は死を覚悟した。それなのになぜか。目を瞑ることができない。

次の瞬間、激しい衝撃と轟音が鳴り響いた。

同時に、強烈な光が俺の目を刺す。

「うわっ」

思わず細めた瞼の隙間から見えたもの。それは……空だった。

鈍色の雲を浮かべた空が、目の前に広がっている。その下には、低い建物ばかりが並んだ凹凸の少ない街並み。

外だ。

俺の脚は、燃え盛るビルの外壁を、粉々に蹴り砕いていた。

「……っつ」

呆然とするのも束の間、俺は再び重心が沈むのを感じ、足元に目を落とす。両膝が曲がっている。まるで、ここから……。

「……飛び降りっ……！」

次の瞬間、俺の身体は中に浮いていた。

「うおあああっ‼」

迫る。地面が迫る。本日二度目の落下。重力に対してこんなにも恐怖を覚えた日はない。

砕ける。今度は壁じゃなくて、脚が砕ける。

そう覚悟した通り、一瞬の後、激しい衝撃が走る。

しかし、感じたのは衝撃だけだった。痛みが全くない。

俺は猫を抱えたまま、ビルの外の地面を踏みしめていた。

足元を見るも、着地の衝撃で出血したりしている気配はない。その足元に、いつの間にか一緒に飛び降りてきた灰色の猫が寄り付いてくる。

「……これ、どゆこと？」

間抜けにも猫に状況を尋ねる俺に、猫は小さく首を傾げた……ように見えた。

ふと、頭上でガラガラ……という音がする。

「‼　やべっ」

俺が蹴り砕いたせいで脆《もろ》くなった壁の残骸が、今にも降って来るところだった。俺は一目散に廃ビルの塀を越え、道路へ飛び出した。灰色の猫が、黙って俺に続く。

背後で、俺たちを閉じ込めていた灼熱《しやくねつ》の魔物が、ゆっくりと崩れていく音が聞こえた。


それから後のことは、あまり覚えていない。

現場から脱出した俺は、原付を回収し、気が付くと家に着いていた。

本当なら砦に帰りたいところだったが、この騒ぎを警戒して暫くの間はおそらく誰もいないだろうし、いたとしてもナオトさんの指示を無視した身として、今はまだメンバーと顔を合わせづらかった。それから、俺が死にかけたきっかけであり、一緒にビルを脱出した例の灰色の猫は、俺が原付に乗り込んだ時には既にいなくなっていた。

あの火事は結局、「原因不明」のまま処理されたらしい。人為的なものであることは流石にバレているだろうが、幸い近隣への被害はほとんど無く、死傷者も確認されていないため、大事にはならなかったようだ。

平日の昼間だったせいか、それとも連中が周到だったせいか、廃ビルに不審なグループが出入りしていたという目撃証言は今のところ、出ていないらしい。「不審なグループ」という括りにされると俺たちも十分該当してしまうので、余計な火の粉がかからなくて何よりだ。……もっとも、俺はリアルにしこたま火の粉を被ったが。

家に辿り着いた後、火事場でかかってきたあの番号にもう一度かけなおしてみたが、繋がることはなかった。他のメンバーの番号とも照らし合わせてみたりしたが、該当するものは無かった。

ついでに、キューちゃんに俺がいなくなった後のことをＬＩＮＥで尋ねてみたが、拍子抜けなことに俺だけがいなくなった事は特に騒ぎになっていなかったようだ。そもそもあの後、ナオトさんの指示に従って皆いち早くそれぞれの方向へ散っていったため、おそらく俺も一足先にずらかったと思われたのだろう。

ほっとしたような、がっかりしたような……いや、やっぱり前者だ。ナオトさんにいらない面倒をかけなくて良かった。もしあれが本当にナオトさんからの電話だったとしたら、冗談抜きで申し訳が立たない。

それくらいかな、脱出した後の事としては。……ああ、あと、一番大事なことがあった。

俺が死にそうになりながら飛び込んだ先で見つけた、腹の大きい猫。連中に捕まって火事場に置き去りにされて、唯一逃げ遅れた猫。今、俺の目の前にいるよ。俺の部屋で、毛布の上に横たわって。家に着いた時、その温かい身体は、既に息をしていなかった。

俺が砦に向かったのは、それから二日後のことだ。

家から持ち出したシャベルで、目の前の穴に最後の土を掛けた時、後ろで気配がした。

「サム」

俺は振り返って、うす、と小さく礼をする。ナオトさんだった。

「お前だけか。まあまだちょっとわちゃわちゃしてるからな……招集かけたわけでもないし。あんま自分からは、来る気になれんよな」

ナオトさんは黒ずんだ廃ビルの方に目をやった後、俺たち以外に誰もいない砦を見渡す。いつものバカ話が飛び交わない砦で、蟬の声がやけにうるさい。

「なんか埋めたの?」

「あ、はい」

ナオトさんは俺の持ったシャベルを見て言う。

「………」

何を、とは聞かず、ナオトさんはベンチにリュックを下ろし、その隣に腰かけた。煙草を取り出し、火をつける。

「お前さ」

ナオトさんは煙と一緒に、静かに言葉を吐きだす。

「あの時、いなくなってただろ。……猫、助けに行ったんか」

俺はビクッとした。キューちゃんはああ言っていたが、ナオトさんにはやはり勘付かれていたようだ。当然か。撤収指示を受けた時の俺は、明らかに納得のいっていない顔をしていただろうから。

とっくに叱られる覚悟はできていたが、俺は改めて腹に力を入れる。次に飛んでくるであろう言葉に備えて。

しかし、ナオトさんは黙ったままの俺をじっと見つめ、ぽつりと呟く。

「……何で怒んねえの？」

「……え」

怒る？　誰が？　俺？　誰に？　ナオトさんに？

……何で？

「いや、えと……何でッスか」

「〝気が付いてたなら何で助けに来ねえんだてめぇ〟……って言うのが普通じゃねえか」

ナオトさんは食い気味に言った。

俺は言うべき言葉が見つからず、視線を落とす。普通。そうなのか。普通はそうなのか。……でも、俺にとっては。俺にとっての普通は。

「言いません」

俺は俯いたまま答える。

「正しいのは、いつもナオトさんだから」

沈黙が流れる。顔を上げると、今度はナオトさんの方が俯いていた。表情は見えない。

「……今から言う事、信じなくていいからな」

少しの間の後、ナオトさんが口を開く。

「お前のこと放っておいたの、あれさ」

「いや、だからそのことはもう……」

「い、い、い、い、い、いい
「放っておいてやりたいと思ったんだ」

………?

「信じなくていいよ。もしこれでお前が死んでたら、百パー俺のせいになってたから」

「いや、それはちが」

「お前、俺の指示無視したの、本当に間違ってたと思ってるか?」

ナオトさんが俺の言葉を遮る。

「自分で考えて行動したの、意味なかったと思ってるか？　素直に俺に従っておけば良かったと思ってるか？」

「……思ってます」

だって、結局。

視界の端、ナオトさんの背後に地面の膨らみが見えた。

「今度の周遊の仕切りさ、キューちゃんに頼むわ」

突然、ナオトさんが告げる。

「……え」

それって、つまり。

「お前、ちょっと休め。色々整理ついたら、また来い」

煙草の先から灰が落ちる。その言葉は、俺の脳に重く沈んでいった。

「……ナオトさんの指示無視するような奴には任せられない、っていうことッスか」

「逆だよ」

ナオトさんは諭すように言う。

「俺の指示に従うだけの奴には、任せられない」

風が吹き、ナオトさんの吐く煙を揺らす。

「お前は一昨日《おとつい》、俺の指示を自分の意思で無視した。今まで俺の言いなりになってただけの奴が、初めて自分で決めて行動したんだ。なのに、お前は今それを後悔してる。その後悔を乗り越える段階が必要だ」

そこでナオトさんは煙草の火を消し、荷物を持って腰を上げる。

「様子見に来ただけだから、今日はもう帰るわ。……俺の言ってること分かったら、また顔出せよ」

そして、返す言葉が見つからない俺の肩を軽く叩く。

「……悪かったな」

小さく言い残して、ナオトさんは去っていった。


それから一週間、砦には行っていない。ナオトさんから与えられた課題に、まだ答えを出せていないからだ。

今回の件で、ナオトさんと俺の「仲間」の認識が違う事も分かったし、きっと他にも俺とナオトさんで考えの異なる点は沢山あるのだろう。そういった事も踏まえて、これからナオトさんとどう接していけばいいのか。それについての答えもまだ、出せていない。

でも一つ、確かなことがある……ナオトさんは、俺を見捨ててはいない。

かといって、今までのようにただナオトさんの忠実な後輩として付き従うだけでは、ナオトさんは俺を認めてはくれない。自分がどうしたいのか、ちゃんと自分の言葉で言える人間にならなきゃ駄目だ。それができるようになった時、もう一度砦に行こう。俺の憧れの人に、ナオトさんに会いに行こう。それだけが、現時点で俺に出せている、唯一の結論だ。

結局、あの時ナオトさんを騙って電話をかけてきたのが誰なのか、なぜ折れていたはずの脚が問題なく動いたのか、なぜ壁を蹴り砕けたのか、そしてなぜ生きて脱出できたのか……これらは全て迷宮入りだ。ただのイタ電と、火事場の馬鹿力。これくらいしか説明のしようがない。

ただ、あの時俺に「いたたまれない」と言った、あの人物。あれはもしかしたら「もう一人のナオトさん」からかかってきた電話だったのかもしれない。もしあの時本物のナオトさんが電話をかけてきたとしても、同じような事を言っただろう。どうしたら助かるか考えもせずに、諦めて死を受け入れようとした俺。そんな俺を見て、ナオトさんが何も言わないはずがない。

あの人は、何より仲間のことを考えている人だから。

叶《かな》うならばいつかまた、あのもう一人のナオトさんとも話がしたい。俺はそう思った。

玄関で音がして、我に返る。この家に帰って来る人間は、俺以外に一人しかいない。

俺は部屋のドアを開け、その人物がいるであろう居間に向かった。今までちゃんと向き合おうともしなかった、その人物の元へ。

あの日、毛布の上で動かなくなった母親猫を目の当たりにした時から、どうしても聞きたいことがあった。

……なあ。俺のことを、どう思ってる?

俺が帰ってこない時、何を考えてる?

母親なら、ちゃんと言ってくれ。

居間の扉の向こうに、その答えがある。もう人に従うだけじゃない自分が、その答えを欲している。

俺は軽く深呼吸をして、ドアノブに手を掛けた。

「……おかえり」

◆　◆　◆

喧騒の中を、石畳さんの元へ走る。

この姿になったら連絡が取れないから、落ち合う場所は予め決めてある。現場から路地を北に二本、大通りを渡って次の交差点を東に、そこからまた裏路地へ……。

いた。こちらに背を向けて、電話で話している。多分、相手は所長だ。

僕は黙って、石畳さんの傍に立った。会話の用件が済むのをじっと待つ。

「……かしこまりました。では、木暮さんと合流次第、すぐに。……はい、おそらくもうすぐ……」

と、そこで石畳さんは僕に気が付いた。

「あ、いらっしゃいました。では、お願いいたします。……イエス」

石畳さんの言葉と共に、自分の身体が木暮慧に戻っていくのを感じた。

電話を終えた石畳さんは、僕に向き直る。

「お疲れ様です」

「本当に疲れました」僕は正直に言う。

「これ、特別手当とか出ませんか」

「私の一存では、何とも」

「猫に変身して潜入調査とか、難易度マックスですよ」

愚痴を言いつつ、服に残った灰と猫の毛を払う。

今回の監視対象の調査のために、石畳さんに昨夜連れてこられた場所。そこは、野良猫の溜まり場だった。

潜入調査と聞いた時、僕の嫌な予感は確信に変わった……まさかメンバーの誰かに変装するとかではなく、猫になって潜り込むなんて。

おまけに、火事が起きたことを報告するなり、石畳さんはこれ幸いと僕を火事の現場へ送り込んだ。うまく監視対象を誘導し、そこで能力の発動確認を行うようにと。そんなことしたら監視対象の身が危ないですよと僕が抗議すると、石畳さんは当たり前のような顔をして言った。

「そこは、木暮さんの手腕で」

僕の手腕でどうしろというのか……そんなことを聞く暇も無く、僕は監視対象と共に、燃え盛る廃ビルへ飛び込む羽目になったのだった。

「てか石畳さん、途中で投げたでしょ」

「何をでしょう」

「御嶽直人になりすまして、監視対象に能力使わせるって段取りだったじゃないですか。何、途中から素でお説教してるんですか。治君が半ば投げやりだったおかげで素直に従ってくれましたけど、一歩間違えたら大失敗でしたよ」

「失礼いたしました。監視対象があまりに無気力だったもので、聞くに堪えかねまして」

この人……ポーカーフェイスのふりして、普通に私情を仕事に持ち込んでくるな。

「さて、木暮さん。今後についてですが、今日はひとまず解散です。明日、四人目の監視対象の元へ向かっていただきます」

　石畳さんが、しれっと話題を変える。

「え、治君はもういいんですか」

「周辺調査はこちらで前もって調べたデータと、木暮さんに接触していただいた際の情報で十分だと判断しました。能力に対する自覚無し、それでいて発動確認も無事に終えられましたので、今回の監視対象に関しては調査終了です。報告書は後日、こちらで作成しておきます」

　無事に、という言い方に若干文句はあったが、黙っておく。

「……分かりました。じゃあ明日、また合流する形で。場所は……」

「いいえ。申し訳ありませんが、明日は木暮さん一人で向かっていただけますでしょうか」

「え」

　僕は面食らった。

「理由は二つ。一つ、先程研究所の方から連絡がありまして、今回の調査とは別の所で少々トラブルが確認されたとのことです。対応に呼び出されましたので、次の監視対象に関しては木暮さんが現地調査、私が遠隔で指示という形を取らせていただきます」

　一人で現地調査？　大丈夫なのか。

「監視対象のプロフィールに関しては予めお送りしますので、そちらを参考に周辺調査をお願いいたします」

「分かりました……分かりましたけど、プロフィールだけじゃ正直、心許《こころもと》ないです。監視対象に接触した時の対応とか、できればざっくりと聞いておきたいんですけど……」

「そちらに関しては、ご心配ありません。……それが、今回のもう一つの理由です」

石畳さんは、含みを持たせた口調で言った。遠くから聞こえてくるサイレンの音が、薄曇りの空に響く。

「……あくまで、現時点での話ですが」

煙の臭いを運んだ風が、街の空気を揺らした。

「次の監視対象には、接触不可能です」

Ⅳ　深緑のイエスマン

白い闇が、世界を覆っている。

轟音を立てて落ち続けるその闇の正体を、私は知っている。雨だ。それもとびきりの豪雨。今いる木陰は今日見つけた中では大きく、マシな方だったが、それでもこの水の弾幕を完全には防いでくれない。むしろ、葉に集まった水滴が集合して肥大化し、手榴《しゅりゅうだん》弾くらいのサイズになって落ちてくる。一発一発の重みは、細かい雨粒よりずっと大きい。

周りの全てを呑み込んで落ち続けるこの闇は、私の視界だけでなく、体力をも確実に奪っていく。ついでに、連絡手段も。私は胸ポケットを撫で、水没してとっくに動かなくなったスマホの感触を確かめた。

この木陰に足止めされて、そろそろ三十分ほど経つ。これは体感ではなく、腕時計で確認した信頼できる数字だ。ちなみに体感だと一時間くらい。防水仕様の腕時計は、今私が身に付けているものの中で唯一正常に動くアイテムだった。

私は時刻を教えてくれるその小さな相棒を、自分の左手首もろとも軽く抱きかかえる。そうすることでほんの少しだけ、自分を圧迫しつつある不安が薄まるような気がした。

「……なんで、こんなことになったんだっけ」

私は誰もいない虚空に問いかける。誰もいないので、答えてくれるのは自分の記憶だけだった。


原生林へのフィールドワークは、毎年の恒例行事だ。

大学の農学部に入って一年。森林科の関口《せきぐち》ゼミでは、来《きた》る二泊三日のフィールドワーク合宿について、会議が行われていた。

「えー、皆さんもご存じの通り、再来週の月・火・水曜日にわたって、我々関口ゼミの夏のイベント、ブナ原生林へのフィールドワークを行います。一年生の皆さんはゼミへの配属が決まったばかりで、合宿についても分からない事だらけかと思いますが、不安があれば先輩に何でも聞いてください。聞いた相手が答えられなかった場合は、その先輩を引《ひ》っ叩《ぱた》いて、他の先輩の所へ行きましょうね」

関口先生の説明に笑いが起きる。研究室によってはパワハラになりかねないが、うちくらい緩い雰囲気であればこれくらいの冗談は通じる。

「はい、ということで簡単な行程とスケジュールの説明を、二年の大野《おおの》さん、よろしく」

「ふぇ」

端っこの席でグラノーラバーに齧《かじ》りついていた私は、突然の指名に飛び上がった。ちなみにこれは遅めの昼食だ。

「ふぇ、じゃないよ。スケジュール。段取り。ほら、これ持って」

隣にいた同期の男子が資料を渡してくる。私の手元にも同じものがあるのだが。

私は同期に押し付けられた資料と自分の資料、なぜか二部を携え、口をもぐもぐさせながら前に出る。私としては先生が話し終わるタイミングで丁度食べ終えられるよう計算していたつもりだったのだが、思ったより早く振られて計算が狂った。

「あ、皆さんどうも……もぐもぐ……二年の大野……もぐ……幸《さち》ですもぐもぐ」

「さっちゃん、まず口の中整理して」

誰かが言い、クスクスと笑い声が起こる。

「では合宿の行程を……ごくん。よし。行程を説明します。配布した資料の三ページを見てください」

やっとまともに話せるようになった。

日本国内でも希少な、ブナの原生林。その植生と、そこに生息する動物の生態についての研究が、ここ関口ゼミの専門だ。今回私たちが行くのは、例年関口ゼミがお世話になっている場所で、特別な許可を取って一般の観光客には立ち入ることのできないエリアまで入らせてもらうことになっている。原生林の入り口から車で三十分ほど南下した場所にキャンプ場があり、そこのコテージを借りて宿泊することになっていた。

「ご存じかと思いますが、原生林において動物と遭遇した場合、原則として接触は禁止です。クマゲラ、ニホンザル、それからツキノワグマ……基本的に天然記念物および絶滅危惧種ですので、必要な場合は先生の指示の下で接触します。そこだけしっかりお願いします」

「さっちゃんが一番危ない。普通に餌付けしそう」

「いや、どっちかっていうと餌付けされる方だから大丈夫だよ」

まだ説明中なのにもかかわらず、好き勝手な野次が飛び交う。

「ということで、合宿中は皆率先して大野さんを助けるように。いいですね」

しまいには関口先生の締めで、場が明るくまとまる。和気藹々とした雰囲気の中で、私は黙って資料をめくった。

察してくれたと思うが、概ね私はこういうキャラだ。

妹キャラ。ちょっと抜けてる人。放っておけない存在。そんな立ち位置で通っている。

おかげで同期も先輩も、それから先生もフレンドリーに接してくれる。さっきみたいにからかわれることは多々あれど、なんだかんだ言って皆私を気にかけてくれていると思う。そういう意味では、人に恵まれている。

ただ、一言だけ。一言だけ本音を言おう。心の中で。

余計なお世話だ。


ミーティングの後、関口先生に呼び止められた。

「ありがとう。なんだかんだ仕切ってくれて、助かったよ」

「いえ、そんなそんな」

ミーティングの仕切りは、私から申し出たことだ。合宿には学部生も院生も一緒に参加するが、院生は主に研究面での先生のサポートがあるため、その他のスケジュール立てや段取りの確認といった雑務は学部生の役割である。三年の先輩はこの時期、インターンなどで来られない人もいるし、就活と卒論に追われる四年生は言うまでもない。去年のノウハウを知っていてミーティングに出られるのは主に私たち二年。よって二年が説明役を務めるのが合理的だ。

「今年は三、四年が忙しくて皆合宿に来られないんだよね……二年生にはちょっと負担を強いてしまうかもしれないけど、でも一人で色々抱え込むことはないからね。他のメンバーとも分担してやってもらえればいいから」

「は、はい」

　私は曖昧な返事をする。

「それから話変わるんだけど、水五《すいご》のグループ演習の研究計画書、うまいこと書けそう？　大野さんのグループ苦戦してるみたいだったから、もし厳しそうだったらアドバイスできるよ」

　水曜五限のグループ演習は、農学部の必修授業だ。三、四人でグループを作り、実際に研究を行うという設定で計画立案とその検討を行う。関口先生と院生数人が担当しており、適宜アドバイスなどを行うことになっている。

「あ、あっちの方はなんとか……うちのグループ、食品科の人が多いので、そっち方面の内容になりそうです。来週までにはどうにか提出します」

　そうかそうか、心配してたから良かったよと、関口先生は一人頷く。実際、授業中も心なしか私たちのグループを気にかけていたような気がする。……多分、私がいるからだ。

「じゃあ、諸々頑張ってね。何かあったら、いつでも連絡して」

　関口先生はそう言って、戻っていった。私は軽く頭を下げ、研究室を後にする。

　……そんなに心配か、私。

　日々感じているモヤモヤが、じわりと胸の中に滲《にじ》み出てくるのを感じる。

私の抱えている不満。それは、周りが私に対して過剰に世話を焼いてくるということ。学部にいる時も、研究室にいる時も、やたらと面倒を見られる。さっちゃん、あの課題もう出した？　期限明日だから、気を付けてね。大野さん、先行研究見つかりそう？　厳しそうだったら手伝うよ。

私の何が周りにそうさせるのかは分からない。そういう雰囲気だから。どことなく放っておけないから。多分そんな曖昧な理由で、周りの人は手を差し伸べてくる。

今に始まったことではない。昔から、何かと世話を焼かれることの多い体質だった。元々、少し抜けたところがあるというのは自覚している。だから、できるだけ周りに迷惑をかけないように、最低限自分のことは自分でできるように努力してきた。高校まで暮らしていた実家を出て、地方の大学に入ることにしたのも、いいかげん日常生活のレベルでは自立したいと思ったからだ。

それなのに、いざ大学に入ってみたら、まるっきり今までの延長線だった。学部の友達が、先輩が、教授が、何かと世話を焼いてくる。焼いてくる、という言い方がおこがましいのは分かっているが、自立を求めてここに来た以上、周囲からの過度な気遣いがどうしても鬱陶しく感じられてしまう。

好意で手助けを申し出てくれる以上、無下に断ることもできない。あ、はい……などと曖昧な受け答えをし、結果的に手伝ってもらうことになる。

今回の合宿だって、二年で仕事を分担すると言っておきながら、他の同期は悉《ことごと》く私から仕事を取り上げようとしてくる。スケジューリング？　いいよ、私がするから。そこまで任せたらさっちゃん大変でしょ。さっちゃんは、買い出しだけしてくれたらいいよ。夜のレク担当？　私も手伝うよ。一人だと大変だと思うし。……そんな調子で、結局私の手元には「誰かと一緒にやる仕事」しか残っていない。

助けてくれること自体は、嬉しい。でも、私にできることって、本当にそれだけしかないのだろうか。私はそんなに、信用ならないだろうか。

大丈夫？　できる？　手貸そうか？

好意で掛けられているはずの言葉が、どこかザラついていて、よそよそしい。

◆
◆
◆

入り口の方から、コロンコロンという軽やかな音がした。ドアに取り付けてある木製のベルが、客の来訪を告げている。受付に顔を出した管理人が、客の応対に向かう。

僕はログテーブルにコーヒーのカップを置き、その様子をぼんやりと眺めていた。受付から聞こえる話し声と、室内に流れる知らない洋楽のＢＧＭ、そして窓を打つ雨音が、なんとも言いようのない昼下がりの空気を演出している。

ここはキャンプ場の管理事務所だ。平日のため人は少ないが、それでもちらほらとチェックアウト、もしくはチェックインのために立ち寄る人が見られる。

僕も今晩はここに泊まる予定だった。ログハウスのチェックイン時刻までまだ少しあったので、事務所で雨を凌《しの》ぎつつ待たせてもらっているところだ。

〝専門家〟としてこの調査に参加して、はや五日目。逆に言えば、あと二日でこの役目は終わる。ついでに、有休も終わる。

何かとバタつくことの多かった今までの調査と比べて、四人目の監視対象の調査は静かに始まろうとしていた……調査に際して本来ならいるべき二人の人間が、この場にいないからだ。

一人は、肝心の監視対象。あの手この手で必死に接触を試みた今までとは異なり、今回は変装の必要性も、監視対象を追いかけ回すこともない。これだけ聞けば、今までと比べて断然楽なように思える。しかし今、調査を始めようとしている僕の気分は、窓の外の天気以上にじっとりと重かった。

そしてもう一人、今まで行動を共にしてきた人物がこの場にはいない……石畳さんだ。

昨日、三人目の調査を終えた僕は、四人目の監視対象について短い説明を受けた後、石畳さんと別れた。研究所の方から連絡があった「トラブル」が何なのかについては説明されなかったが、今回の調査とはまた別の話だという事だけ聞いていたので、自分の関与するところではないのだろうと思った。

……ただ、トラブルの内容どうこうより、今ここに石畳さんがいないという事が、なんだかとても重大な事のように僕には思える。

考えてみれば、僕は正規の調査員ではない。土壇場でスカウトされただけで、あくまで石畳さんの補佐という役回りだったはずだ。

そもそも彼らの調査しているこの迎合性対人夢想症候群……及びその発現者〝イエスマン〟。これらがいかに秘匿性の高い調査内容なのかということを、僕は今までの調査で実感してきた。監視対象に気付かれてはいけません。イエスマンであることを自覚させてはいけません。そういった縛りがあるから、今までの調査で苦労が絶えなかったのだ。

そう考えると、一般人の僕がこの調査に関わることは、イレギュラー中のイレギュラー。不測のトラブルの産物であり、半ば仕方なく石畳さんの補佐に引き入れられることになった……そういう流れだと理解していた。

その僕に、一人で調査を任せなければならないほどの事態。一体、何が起こったというのか。

「……何だろうな」

尋ねるべき相手のいない僕は、コーヒーのカップを前に、まとまらない考えをこねくり回すしかない。

事務所内に、ややひび割れたオルゴールのメロディーが響き渡った。壁に掛けられた古くさ……レトロな時計が、十四時を告げている。

僕は軽く頭を振り、カバンの中から調査書を取り出した。ここへ来る前にも何回か眺めたそれを、もう一度読み返す。

監視対象NO．4、大野幸。二十歳、大学生。対人迎合度、八十九％。

ここに来れば、会えるはずだった。

◆◆◆

苔《こけ》むした道を、小川の音と共に歩く。枝の隙間から、強い日差しが道を照りつけている。

「これだけ人がいなければ、緩衝地域でもカモシカくらい見られそうだね」

先頭を歩く関口先生が、期待に満ちた表情で言う。実際、林道には観光客はほとんど見られず、私たち関口ゼミの一行だけがバックパックを背にえっちらおっちらと列をなして進んでいく。

合宿初日。今私たちがいるのは、原生林の中でも登山道が整備され一般の観光客でも入ることのできる、緩衝地域と呼ばれる場所。基本的に高低差は少なく道もなだらかなので、体力の消耗も少ない。

　今日は合宿初参加の一年生にブナ林の環境を肌で感じてもらうことを主な目的とし、小川に沿って原生林内の水場を巡る基本的なコースを辿ることになっている。

「原生林っていうともっと未開のイメージだったけど、意外と人の手が入ってるものなんですね」

　隣を歩いていた一年生の女子が話しかけてくる。

「今日歩いてる所は、割とね。昔はここの近くにいくつか集落があって、このブナ林もバリバリ生活の圏内だったから、人の行き来は結構多かったらしいよ。むしろ集落の近くにあって、伐採とかもされずにこの規模で残っている方が珍しい」

　私は入学以降、一年と少しで得た知識を披露する。

「ただ、明日以降入って行く核心地域は、ここと比べて随分『未開の樹林』のイメージに近いと思う」

「おーい皆、あそこに見えるのが昔、貯水池になってた所。足元に気を付けて付いてきて」

　関口先生が皆に声を掛け、藪《やぶ》の中を進んでいく。

　旧貯水池は新緑を反射して、青々と輝いていた。

「思わぬところに枝とか埋まってるから、気を付けてね」

林道から少し外れたところにある池の周りには、大粒の砂利が転がっている。フィールドワーク用の厚底スニーカーを履いていても、足の裏にぼこぼこと存在感のある小石の感触が伝わってくる。

「先週雨降ったからかな、ちょっと泥というか、濁りが目立ちますね。皆よく目を凝らして見てみて。運が良ければウグイとかヤマメとか見つかるかもしれない。狭い岩場の間が狙い目です。ウグイは五月末くらいまでだったら赤い婚姻色が身体の表面に見られるから見つけやすいんだけど、この時期はもう繁殖期終わっちゃってるからなぁ……。ヤマメは上から見ると黒っぽいですが、身体の側面に斑模様《まだらもよう》があります。で……」

先生は慣れた足取りで、少し高い岩場にも平気で上っていく。説明を聞こうと追いかけるだけで、一苦労だ。

私は先生と先生を追いかける院生の人たちを遠目に見ながら、池の縁を歩く。必死に水面に目を凝らして生き物を探す一年生が誤って池に落ちたりしないように、できるだけ全体に目を配る。

ふと、眼の端で水面が揺れるのを感じた。水中に生き物らしき影は無かったので見間違いか？　と思ったが、再び水面に広がった波紋をよく見ると、アメンボが数匹、足元の岩の近くを滑っていくのが見える。

「ねえ見て、ここにアメン……」

近くの一年に声を掛けようとした、その時だった。

「危ないっ！」

「ごふっ⁉」

叫び声と共に、突然腕を勢いよく掴まれる。そのはずみでバランスを崩した私は、危うく目の前の水面に顔を突っ込みそうになった。

「ちょ、何⁉　落ちる落ちる落ちる‼」

「うわとととっ」

腕を掴んだ手が、私を引き戻す。振り返ると、同期の女子がいつの間にかすぐ後ろにいた。

「危ないよ、幸！　池に顔近づけて、今にも落っこちそうだったじゃん」

「いや、むしろ腕掴まれた勢いで落ちそうだったんだけど⁉」

「幸、どんくさいんだから、あんまりはしゃがないで足元気を付けないとダメだよ」

同期はさも私の窮地を救ったかのように、気遣い溢れる目で私の顔を見てくる。

（いやいや……）

それはないでしょ。落ちそうだったんだけど。

「……っ落ちそうだったんだけど！」

思ったより大きな声が出た。

静かな池のほとりで、私の声が無駄に響く。

一年生を始め、近くにいたメンバーの視線が一斉に集まるのを感じる。岩場の方からは状況が見えていなかったのか、「何？　何かいた？」と関口先生の呑気《のんき》な声がする。

私の腕を摑んだ同期は突然の事に面食らい、驚いた目で私の顔を見つめていたが、数秒の後はっと思い出したように私の腕を放し、後ずさる。

「えっと……ごめん。私の角度からは落ちそうになってるように見えて……咄嗟に走ってきちゃったの……ごめん」

おずおずと同期が弁解するのを聞きながら、私は早くも衝動に任せて叫んだことを後悔した。

そして気付かれないようにふう、と軽く息を整えると、両手を広げて目の前の同期に向かってタックルをかます。

「なんだよこの～！　心臓止まるかと思ったじゃんか！　ったくこいつこいつこいつっ！」

「いやっ！　ちょ、髪ぐしゃぐしゃになるから！　あはは！　ちょっとやめてよ！」

じゃれ合い始めた私たちを見て、周りのメンバーは先程の緊迫した空気が冗談だったと判断したようだ。再び各々、貯水池の周りを巡りながら関口先生の講義を追いかける。

腕の中ではしゃぐ同期を抱えながら、私はもう一度ふう、と息をつく。今度は心の中で。

なんとか、場の雰囲気は修復できたようだ。一時の衝動で場をピリつかせたのは自分なので、修復する責任は自分にある。その責任を果たしたまでだ。

そう自分に言い聞かせながら、なお胸の中には、納得できない気持ちが頭をもたげている。どんくさいと言われたことに対してではない。

あんな、血相変えて飛びつかれるほど危ない体勢してたか、私？　一年生が池に落ちないように目を配りながら縁を歩いていたはずなのに、何で私が間一髪で助けられたみたいになってるんだ？

その疑問をぶつける相手はいなかった。いなかったので、同期の頭をわしわしと撫でまわすことで、その疑問に蓋をした。

◆　◆　◆

近くでパキッ、という音がして、僕は顔を上げる。

ログハウスのテラスから見えるのは、一面の闇。街灯がほとんどないこのキャンプ場では、夜になると周りの様子が全く窺えなくなる。

耳を澄ませて人の気配を探したが、見つからなかった。小動物が枝を踏みつけた音だったようだ。

リスとかかな、などとぼんやり考えた時、机の上の携帯が鳴った。石畳さんからだ。

「お疲れ様です」

「はい、特に異常ないです……まあ異常がないことを確認した上で来てるんですけど」

その点では、前回みたいな事にはならなそうでありがたい。

「それでは早速本題ですが、今回の監視対象について詳細の確認と、今後の方針立てということで」

「はい」

僕は手元の調査書に目を落とす。

「大野幸さん……大学生ですね。また年下か……」

「迎合性対人夢想症候群は、主に若年層が」

「それはもう聞きました」

「失礼しました」

「まず、この大野さんという方はその……どういったタイプのイエスマンなんでしょうか」

「どういったタイプ、とは」

「えっと、今までの監視対象と比べてとか、主にどういう場面で人に従っているのかとか」

石畳さんは、そうですね、と軽く間を置いた後、説明し始める。

「基本的には、木暮さんや鈴村さんと同じタイプだと思っていただいて大丈夫かと。不本意ながら周囲に従ってしまう、典型的なイエスマンだと思われます」

「なるほど」

やっぱり佐倉治君のケースは、珍しい方だったようだ。

「ただ今回の場合、監視対象を従わせているのは場の雰囲気や上の立場の人間の圧力といったものではないようです」

「じゃあ、一体何に」

「偏に、周囲の気遣い」

「気遣い？」

「一言で言えば、面倒を見られやすい体質。やや過保護とも言えるレベルで周囲から世話を焼かれ、それに対して断り切れず言われるがままにしてしまう……そういった傾向が、周辺調査では確認されています」

「あー……そういう感じですか」

これはこれで、イレギュラーなパターンだ。

「付け加えるならば一点だけ、木暮さんや鈴村さんと異なる点があります。……周囲の人間に対して、強い反発を感じていることです」

「反発、ですか」

「木暮さんは、水島先輩の理不尽な頼みに対して納得できない気持ちを抱えつつも、それについて考えを放棄することでご自分をイエスマンとして順応させていましたよね。鈴村さんも同様。できる限り、コミュニティ内に波風を立てないようにという点で、お二人は共通していました」

僕は何となく納得する。

「しかし、今回の監視対象の世話を焼かれやすいという体質は、大学に入る以前から既に見られた特性のようです。そのため過剰な気遣いをされることに対する不満は、以前からずっと蓄積されていたと考えられます。……そしてそのやり場のない不満を抱えた上で、今回」

「ゼミの合宿、ですか」

改めて、調査書を目でなぞる。自分とは違うタイプの、しかしどこかでほんの少しだけ共通した悩みを持っていたと思われるイエスマンのプロフィールが、薄い紙の上に羅列されている。

その文字の羅列からは、彼女の本心は読み取れない。

◆　◆　◆

　翌朝は、ぐずぐずとした曇天だった。

「まだ降らなくて良かったけど、この辺まで来ると大分林冠も茂ってくるから薄暗くなるね。足元気を付けてね」

　先頭の関口先生は、相変わらずしっかりとした足取りで葉に覆われた地面を踏み分けていく。先生の言った通りで、昨日の緩衝地域と比べ、今私たちのいる核心地域は全体的にかなり薄暗く、またこの天気も相まってギリギリライトなしで進めるくらいのコンディションになっている。

　核心地域とは一般観光客は入れない、原生林の中でも特に厳重に保護されているエリアだ。関口ゼミも毎年特別な許可を得て、入山させてもらっている。

　一歩足を踏み入れると、緩衝地域との差は明白だ……道らしき道がほとんどない。私たちと同じ学術研究目的で入った人々が踏みしめたと思われる跡が薄らと読み取れる場所もあるが実質、獣道だ。また核心地域の林床は一面、ササをはじめとする植物が茂っており、ただでさえ不安定な道を更に覆い隠している。

「山伏になった気分ですよ」

同期男子の一人が息を切らしながら、隣の院生に言う。

「あながち間違ってないよ。この辺りは山岳信仰があった関係で修験道の人たちの修行場になってたから……道が平坦《へいたん》だと……意味ないし……」

そう答える院生の先輩も、そこそこ苦しそうだ。

私は昨日と同様、列の最後尾を歩いている。前方を行く皆がある程度踏みしめた後を歩けるので、若干楽だ。昨日、旧貯水池で私に摑みかかってきた同期女子は列の真ん中辺りにいる。

昨夜以来、彼女とはまともに話せる気がしなくて、意図的に距離を置いている。おそらく彼女の方は何とも思っていないだろうが、私が感情を制御できる気がしない。ちょっとしたはずみで、溜まったモヤモヤが言動に出てしまいそうだ。

「さっちゃん先輩、大丈夫ですか？　生きてますか」

私の一つ前を歩く一年女子が、こちらを振り返る。ほら、これだよ。後輩にまで心配されるって、どんだけだよ私。気を抜くと悪態をついてしまいそうだったので、無言で親指を立ててみせた。

入山して三十分も歩いただろうか。関口先生は歩みを止め、皆を呼び寄せる。

「これは……」

先生の示した先を見た一年生は、一様に息を吞んだ。去年の合宿で既に見た私たちも、静謐《せいひつ》な森に横たわるそれを改めて目の当たりにすると、やはり圧倒される。

「樹齢二百年と推定されています」

先生の示す先にあるのは、直径二メートルはあると思しき、巨大なブナの倒木だ。寿命を迎え、堂々と森に横たわるそれは、一見無秩序に見える未開の原生林の中にすっと一本のラインを引いたようだった。表面の大半は分厚い苔に覆われているが、所々に白い樹皮が顔を覗かせている。その根元には倒れた際に折れた幹の断面が絶壁のように荒々しく残り、同じく苔を纏《まと》っている。

皆がその大木の遺骸に一通り見とれた後、関口先生はおもむろに倒木の裏を指さす。

「で、皆ブナの方に気を取られていますが、実は本当の目的はこっち」

先生の指の先には、倒木の下からひっそりと顔を出す黒い塊があった。木の葉まみれで地面と同化しているため、注意しないと見失ってしまう。

「糞《ふん》です。昨日言ってた、カモシカのね。毎年この辺で数匹見つかるんですよ。糞塊《ふんかい》と言って、こんなふうにこんもりと山を作るように残されることが多いです。意外にも好奇心が強くて人間に近寄って来ることもあるらしいので、運が良ければ実物が見られるかもしれないよ」

そして先生はメンバーに、近くにカモシカの痕跡がないか探してみるよう言った。これと同じような糞塊でも良し。木の実や樹皮を齧った跡があればなお良し。見つけたら驚かせないように、できるだけさりげなく知らせること。できれば写真撮っておいてね。天然記念物なのでくれぐれも接近しすぎないように。先生の号令を合図に、メンバーは適当な距離を空けて散らばっていく。

私は斜面の上側、皆を見下ろせる位置で探すことにした。斜面の上側にいれば下から見上げた時に倒木や木立の死角になるため、昨日のように危ない行動をしていると勘違いされて駆け付けて来られる可能性は低い。もうあんな面倒事はまっぴらだ。

鬱蒼《うっそう》とした原生林で、姿の見えない鳥のさえずりと、微かに聞こえる水の音、そして私たちが木の葉を踏む音だけが、深緑の中に吸い込まれていく。最初のうちは近くで囁《ささや》き合うメンバーの声が聞こえたりもしたが、斜面を上り少し離れるとそれも木立を吹き抜ける風にかき消されるようになった。

修験者が籠ったのも分かるな、と私は思った。他のメンバーの姿さえ見えていなければ、一人でここにいるような錯覚すら覚える。それほどに静謐なこの原生林は、俗世の喧騒を離れるにはうってつけの場所だっただろう。

探索を開始して数分後。

左足にぐじゅっ、という感触を感じ、私は飛びのいた。

登山靴が木の葉の山を踏みしめている。その下に、粘性のある黒い塊が潰れていた。小さな枝や土を巻き込んで地面と同化しているが、間違いない。

（……糞塊！）

倒木の下にあったものよりも大きい。そして意図せず踏んでしまった感触からして、かなり柔らかい。おそらく、排泄《はいせつ》されて間もないものだ。

ということは、この近くに。

「ありまし……」

糞塊から足を外して体勢を整え、下のメンバーに発見を報告しようとした、その時だった。

斜面を踏みしめたはずの左足が、視界から消えた。と同時に、落葉に覆われた斜面がぐるりと回転し始める。

「!?」

あ、と思った時には、私は背を斜面に向け、頭から滑り落ちていた。

「痛《い》った……」

ひとしきり斜面を滑り切った後、私は起き上がり、周囲を見渡す。目の前に白い木立と、落葉の壁がそびえている。斜面の下方に目を向けるが、他のメンバーの姿は見えない。耳を澄ませると丁度背後、落葉の壁の向こう側から、先生たちの話し声が微かに聞こえてくるのが分かった。

どうやら、糞塊のすぐ傍の地面に窪《くぼ》みがあり、そこで足を取られてしまったようだ。

どれくらい滑り落ちたのか分からないが、少なくとも他のメンバーがいる側の斜面とは反対方向へ、ひっくり返るようにして転げ落ちてしまったようだった。

（……やれやれ）

その場で軽く屈伸する。足を傷めた様子はない。他の部位も異常なし。服に盛大に土を付けた以外は、被害はなさそうだ。

（声出さなくて良かった……）

こんなに派手な転び方をしたところを見られたら、担架を呼ばれかねない。何でもなかったように皆の前に顔を出そうと服の土を払い、最後に掌を擦《こす》り合わせた時、ぴと、と手に生暖かい感触を覚えた。

その感触を合図に、周囲の木立がぱら、ぱら、ぱらぱらばらばらばらざぁーっ……と音を立て始める。メンバーの悲鳴が聞こえてくる。

「うわっ、降ってきやがった」

「だめだ、撤収、撤収！　斜面がぬかるむと危険だから！　皆、速やかに麓に集合！」

降り出した雨は、たちまち音のカーテンで原生林を包み込む。茂った林冠のおかげで雨粒の半分くらいは防がれているが、それでもその葉の屋根を掻い潜《くぐ》った雨粒が次々と身体にヒットしてくる。

「やべっ」

私は慌てて落ち葉に覆われた斜面を乗り越え始めた。何度かずるずると足を取られた後、ようやく糞塊を発見したと思しき辺りまで復帰する。

「すみません、今行きま……」

下の方に向けて声を掛けたが、そこに人の気配は既になかった。

そろそろと斜面を下り、倒木のある場所まで戻ったが、そこにも既にメンバーの姿はない。

耳を澄ませて足音を探ろうとするが、聞こえるのはただ弾幕のように降り注ぐ雨音のみ。自分の呼吸音すら、かき消されてしまいそうだった。

こうして私は、一人になった。


木陰の下で、体育座りの中に顔をうずめる。

「……なんで、こんなことに」

二度目の、返事のない問い。返事はないが、答えはある。自分の中で。

皆を見失った私は、とりあえず今まで辿って来たと思われる方向を引き返したが、林道の整備されていない核心地域で帰り道を探すのは至難の業だった。雨脚はますます勢いを増し、身の危険を感じるレベルの豪雨になった頃には、私は道のない深緑の迷宮で完全な遭難者になってしまっていた。

なんとかマシな木陰を見つけて腰を落ち着けた所でやっと、スマホでSOSを出すことを思い立ったが、木陰を見つけるまでの道のりでしっかりと水を被った旧式のスマホは全く使い物にならなくなっていた。唯一生き残った電子機器である腕時計を抱え、雨の弾幕が止むのを待つこと三十分。誰かが自分を探しに引き返して来る気配はない。

（……流石に、気付かれてはいるよね）

私がいなくなったことは、既に知られているはずだ。おそらく皆もう、緩衝地域の入り口に停めたレンタカーの中に避難しているはず。雨が止んでから探しに来てくれるのか、それか救助隊を要請して一足先にキャンプ場に戻っているか……まだ調査を切り上げるには早い時間帯なので、おそらく前者だと信じたい。

私は虚空を覆う白いカーテンを暫くぼんやりと眺めた後、再び膝と膝の間に汚れた顔をうずめる。

やっぱ声、上げればよかったかな。転げ落ちた時に。

認めたくない事実を、麻痺《まひ》し始めた脳が受け入れつつあった。

どれくらい経っただろう。

ふと静けさを感じ、私は顔を上げた。道なき道に降り注いでいた雨が、いつの間にか止んでいる。

腕時計を見る。……午後五時過ぎ。当初の予定における、調査終了時刻だった。

マジか、と呟きながら腰を上げる。雨に打たれながら彷徨《さまよ》っていた時よりも、いくらか身体が軽くなっている。思いのほかスッと身体が持ち上がったことで、荒《すさ》んでいた気持ちに少し余裕が生まれた。

「……歩くか」

雨が止んだおかげで、周囲の音がクリアに聞こえる。川を探そう。核心地域を流れる水路は緩衝地域の水場に、それこそ昨日の旧貯水池の辺りにも通じているはずだ。

自分から皆と距離を置いたせいで、こうなった。皆の元へ帰る道は、自分で見つけなくては。

◆◆◆

「ありました。スマホですね……死んでますが」

一際大きなブナの根本にあるそれを、僕は拾い上げた。

「監視対象が持っていたものとは……」電話の向こうで、石畳さんの声がする。

「一致してます。ここで暫く雨を凌いだものかと」

頭上には分厚い葉が茂り、地表に影を落としている。

「関口教授が倒木の前にメンバーを連れてきたのが十四時頃。そこから急な豪雨により監視対象以外のメンバーが駐車場まで避難したのが十四時四十分頃。今、木暮さんのいる地点は倒木からおよそ二・二キロ……悪路だったことを考慮に入れると、丁度同じ頃に監視対象がその地点に辿り着いたものと考えられます」

「距離的にはそんなに遠くないですが……深奥部の方に入り込んじゃった感じですね」

僕は方向を確かめる。天候の安定している今でさえ、気を抜くと帰り道を見失いそうになる。悪天候の中では尚更だろう。

「それで、この後大野さんは……」

「おそらく」同じく地形図を見ているであろう石畳さんが答えた。「水路がある方角へ向かったものと思われます」

◆　◆　◆

「なんじゃこりゃ……」

目の前に横たわるものを見て、私は呆然とする。

眼下を流れる川は、もはや生き物だった。

凄まじい轟音を立てて、泥を含んだ水の束が駆け抜けていく。岩を砕かんばかりの水飛沫《しぶき》が、立ちすくむ私の足元にまで降りかかってくる。

再び歩き始めて約二十分。

私は、先程までの豪雨を呑み込んで激流と化した川の前に辿り着いていた。

川の方向自体は、割と早い段階で分かった。なにせこの水音だ。もはや水平に落ちる滝である。目の当たりにした瞬間は腰が引けたが、しかしこれは帰り道を見つけるための重要な道標《みちしるべ》だ。

（この分だと、貯水池の水位も上がってそうだな……）

昨日私が落ちかけた足場などは、とっくに水の中だろう。

私は荒れ狂う水の化け物に沿って、下流へと歩みを進める。おそらく、もう大丈夫だ。川の蛇行に伴って若干の遠回りをすることにはなるかもしれないが、確実に原生林の出口には通じている。林道の方向に出られるとは限らないが、ひとまず原生林を抜けられれば周囲に管理事務所がいくつか点在しているはずなので、そこで皆に連絡を取らせてもらえば解決だ。

遭難から脱する道筋が見えたことで、足取りは更に軽くなった。

その音に気が付いたのは、それから十分ほど後だった。

最初は、遠雷の音かと思った。先程凄まじい豪雨を経験したばかりだったので、もしやまた一雨来るのかと私は思わず空を仰ぐ。

しかしその直後、再びその音が聞こえた。頭上からではなく、周囲の木立の中のどこかから。

ぐるごろごろ……と低く響く音。立ち止まって耳を澄ませると、すぐ横を流れる濁流の音に混じって、ぐふっぐふっと息遣いのような音が聞こえる。

生き物だ。咄嗟にそう思った。カモシカか？　皆と一緒に糞塊を発見した場所かられくらい離れたのかもはや定かではないが、まだ生息域を抜けていなかったのかもしれない。写真を……と場違いなことを考えながら胸ポケットを探り、いつの間にかスマホが無くなっていることに気が付いた後、そういえばスマホの電源死んでたんだっけ、などと思い出す。

仕方ない、姿だけでも拝めれば遭難した甲斐《かい》もあったもんだ……と思った時だった。

それは、突然現れた。

目の前の茂みから湧き出るように姿を見せた、黒い巨体。

決してカモシカなどではない、荒い息遣いをしながら出現したそれは、一瞬で私の視界の半分以上を占領した。

その時、私の脳裏になぜか、いつかの自分の声が再生される。

——ご存じかと思いますが、原生林において動物と遭遇した場合、原則として接触は禁止です。クマゲラ、ニホンザル、それから、それから……。

それから。


「……ひっ」

目の前に立ちふさがる黒い獣の正体を認めるのと同時に、私の頭から恐怖以外の感情が吹き飛んだ。頭を支配した恐怖は、一刻も早く目の前の危険から自分の身を遠ざけようと、震える足を一歩後ろへと動かす。

「あっ」

最後に感じたのは、後ろへ踏み出した足が石の上を滑る感触だった。

目の前の黒い獣が、視界の中で大きく傾く。

あ、この感覚、デジャヴだな……そんなことを思いながらスローモーションで倒れる私の身体を、轟音を立てて流れる水の束が迎え入れる。

今までに聞いたことがないほどの水音を耳元に感じた後、視界が闇に染まった。

◆　◆　◆

岩の上に立ち、僕は川を見下ろす。

「………」

川は核心地域の西部をゆるゆると流れている。幅は目測四メートルほど。今いる地点から見渡した限り、濡れずに向こう岸に渡れそうな飛び石はない。

その川の片方の岸、今僕が立っている側に、薄らと厚手の登山靴で踏みしめたような跡が確認できる。足跡は暫く下流方向へ続いた後ふいに途切れ、そして途切れた場所には靴跡よりも一際大きな、巨大な足跡が数カ所、砂利の上に残っている。

携帯が鳴った。僕は足跡に目を向けたまま、電話に出る。

「石畳です。遅れてしまいすみません」

「いえ」僕は答える。この地点に到着して、石畳さんに連絡を送ってから十五分ほど。電話が来るまでそこそこの待ち惚《ぼう》けを喰《く》らったが、その事で文句を言う気にはなれなかった。今日の石畳さんは電話越しでも分かるほど、いつになく忙《せわ》しい。別件の「トラブル」の処理に追われていることは明白だったので、連絡を急《せ》かすのは気が引けた。

「……ここなんですよね」

「はい」石畳さんの声からは、今日も感情の機微が読み取れない。

手元の調査書に目をやる。顔写真の横に記載された「大野幸」という名前の下には、赤い文字で〝消息不明〟と書かれている。僕は麓まで辿り着くことなく途切れた足跡に目をやり、やりきれない気持ちで唇を結ぶ。

「監視対象NO．4、大野幸さん。先週の火曜日、大学のゼミの合宿中に、原生林内で行方不明になりました。その地点以降、彼女の足取りは分かっていません」

琴原研究所がそのことを把握したのは、つい二日前。丁度佐倉治君の件が収拾した頃だ。

調べによると、大雨によって避難した直後、大野さんがいないことに気が付いたゼミのメンバーが教授に報告し、そのまま救助隊を要請。しかし今日に至るまで、その消息は分かっていない。

「監視対象として彼女をピックアップした時点ではまだ合宿前で、身の安全が確認されていましたので、調査に支障無しと研究所では判断していました。……まさか、こんな事態になるとは」

琴原研究所は、国内にいるイエスマンの現状を仔細《しさい》に調査した上で今回の調査における監視対象を選んだそうだが、流石に不測の事故にまでは対応できなかったと、石畳さんは語った。

「本来であれば、同じイエスマンである私自身が全監視対象の安全を随時確保できれば良かったのですが、調査と並行で別の監視対象の安全確保にまでは手が回りませんでした」

　僕は反論の余地もなく、黙って聞いている。この調査がいかに難易度の高いものであるかは、身に染みて理解していた。ベテランの石畳さんでさえ、僕を調査している途中で僕に正体を知られるという失態を犯しているのだ。大野さんの安全を確保できなかったからといって、石畳さんを責める気にはなれない。

「……生きている可能性は、ないんですか」既に答えは予想できたが、尋ねずにはいられなかった。

「山林における遭難者の生存確率については、いくつかのデータがありますが」石畳さんもきっとそれを分かった上で、答えている。「消息を絶ってから既に一週間です。残念ですが、おそらくは」

　やるせない気持ちで立ち尽くす僕を、湿った風が撫でていく。

「……助けたいです」

　僕は声を絞り出した。自分と似た境遇の人間。イエスマンという、共通した特性を持つ人間が、こんな形で最期を迎えるなんて、やりきれない。

「同感です」電話の向こうで、石畳さんが答える。「そのために、木暮さんに監視対象が辿ったルートをなぞっていただいたのです。今回救出するべき監視対象のイメージを、正確に摑んでいただくために」

僕は頷いた。何をするべきかは、既に分かっている。

深呼吸をして目を閉じ、これまで頭に叩き込んだデータを脳内で再生する。監視対象の容姿。性格。人間関係。ここに迷い込むことになった経緯。遭難した後に辿ったルート。頭の中に、大野幸という人物のイメージをはっきりと、詳細に描く。

石畳さんが、僕に「指示」を告げる。

「大野幸さんが消息を絶った日時……足取りから判断して、行方不明になった先週の火曜日。ゼミの仲間とはぐれてから、およそ三時間半後。場所は、木暮さんが今いる地点」

頭の中に、時系列を描く。ブナの倒木。突然の豪雨。雨宿りした形跡のある木陰。そして、最後に辿り着いたこの小川。

「既に救助隊はこちらで手配しています。……ファシリテーター木暮。その地点で消息を絶った監視対象・大野幸を、現在のこ、こ、こ、の地点に呼び戻してください」

深呼吸をし、周囲に意識を集中する。木立の匂い。靴底の砂利の感触。今、ここに。この場所に、消えてしまった大野幸さんを。

僕は一瞬、息を止め、電話越しに言った。

「イエス」

◆
◆
◆

「あれ……」

目の前に横たわるものを見て、私は拍子抜けした。

開けた視界に、穏やかな音を立てて、小川が流れている。

先程までの豪雨にもかかわらず、原生林内を流れる川は一向に水かさを増した様子がなく、透明度の高い水が川底に光の網目を作り出している。

雨宿りをした木陰から再び歩き始めて約二十分。私は、川の前に辿り着いていた。

川の方向自体は、割と早い段階で分かった。歩き始めてから程無くして、激しい水音が聞こえてきたのだ。てっきりこの豪雨で勢いを増した川が、濁流と化して流れているものと思ったが、今目の前に現れた川は、全くもって平常時の水位と変わらないように見える。

(この分だと、貯水池の水位も大して変わってないのかな……)

あれほどの雨の後だから、昨日私が落ちかけた足場などはもうとっくに水の中だと思っていたが、どうやらそうでもなさそうだ。

私はいたってゆったりと流れる小川に沿って、下流へと歩みを進めた。

十分ほど歩いた頃。前方左手、近くの茂みからガサガサという物音を感じ、私は歩みを止めた。

木の実が地面に落ちたとか、そういう単発的な音ではない。茂みを踏み分けて何かが近付いてくるような、はっきりと生き物の気配を感じさせる音だった。

なんだろう、カモシカかな、などと思う一方、川縁という状況を考えるとむしろツキノワグマの可能性も浮上し、思わず戦慄する。丸腰で、一人で、熊と？　それってもう「死」じゃないか？

脳内を悪い想像が巡っている間に、「何か」の気配は着実に近付いてくる。一歩、二歩、三歩……そしてふいに目の前の茂みが割れ、それは目の前に現れた。

「…………」

私は自分を抱きしめた腕を、ゆっくりと緩める。

（人だ……）

目の前に現れたのは、中年の男性だった。

川縁に立ち尽くしている私を、呆気にとられた様子で見ている。手には懐中電灯。山歩き用の軽装に、腕にはバンドを付けている。バンドには「原生林管理事務所」の文字。

（……捜索隊！）

その文字を認めるのと同時に、男性が奥の木立に向かって叫ぶ。

「いました！　生きてます！　見た所外傷無し！　こっちの川縁《かわべり》です！　自力で立って歩いてます！　十四時二十四分、行方不明の大野幸さん、発見しました！」

その声を合図のように、私はその場にへたり込んだ。


捜索隊の人たち五人ほどに連れられ、森の中を抜けていく。小川に沿って行くのかと思ったら、それよりもはるかに早いルートがあるらしい。

「本当に、お騒がせしました」私は歩きながら捜索隊の人たちにひたすら頭を下げる。

「いやいや、まさか無事でいるとは、こっちも驚きだよ。先程急に再出動要請があったから、ダメ元で来てみたんだけど……今まで、よく生き延びていたね」

そんな、大げさな。悪天候でそこそこ危険な状況だったとはいえ、皆とはぐれて四、五時間程度だ。日もギリギリ落ちていないくらい……。

「……あれ？」

ふと、私は頭上を見上げた。茂った林冠から、透き通った木漏れ日が落ちている。

……木漏れ日？

雨が止んで歩き出した時点で、確か五時をとっくに回っていたはずだ。夕陽《ゆうひ》が差し込んでいるならまだしも、これではまるで……。

私は何と無しに、腕時計を確認する。そして、思わず文字盤を二度見した。

デジタル時計の文字盤は、十四時三十分を示している。

そういえば、私を見つけた時、捜索隊の人が時刻を報告していた。確か十四時二十何分とか……その辺だったような。

てことはあれか？　私は一時間くらい雨宿りしてたつもりで、ちゃっかり一晩寝ちゃってたのか？

「……あの。今日、何日ですか？」

捜索隊員の男性は一瞬、私が聞いていることの意味を考えるようなそぶりを見せ、それからああ、と言った。

「そりゃ、これだけの間山の中にいたら、時間感覚も狂うよね。ほら、今日は……」

男性がスマホを取り出し、画面を見せる。

画面を見た私は暫く、それが意味する事を頭の中で咀嚼する。しかし、頭が麻痺して結論が出ない。

スマホの画面に表示されていた日付は、私が遭難してから七日後だった。

管理事務所のテーブルの上で、カップに入ったコーヒーが揺れている。

まだぼーっとする頭を軽く振りながら、窓の外を見る。森を歩いているうちに少しずつ雲が出始め、今は空全体が薄い雲で覆われている。でも私が迷い込んだ日は、もっと分厚い雲が広がっていた。

窓越しに見える駐車場は、所々にほんの少しだけ湿ったような跡があるが、とてもさっきまで豪雨が降った後の地面には見えない。事務所のテレビから流れるニュースの音声が、まるで他人事のように聞こえる。

私は、本当に一週間もの間、行方を消していたようだった。

先程までの事情聴取で幾度となく感じた、時間感覚のずれ。捜索隊員の人たちがしきりに、私が今までどうやって森の中で生き延びていたのか不思議がっていたこと。そして事務所内の電波時計で何度も確認した、日付と時刻。それらの全てが、私の一週間にわたる失踪を証拠づけていた。

〝神隠し〟。そんなワードが頭に浮かぶ。

そういえばあの山は山岳信仰の対象になっていて、修験者が出入りしていたという話だった。一人迷い込んだ私に、そういった人智《じんち》を超えた力が働いて、一週間先の未来に飛ばされたのか。……それとも、私は本当に一週間の間、どうにか生き延びながら山中を彷徨っていて、何かのはずみでその間の記憶を失くしてしまったのだろうか。

確かなことは一つ。……理由はどうであれ、私が今、生きてここにいるという事。

「……あの」

私は事務所の椅子から立ち上がる。

「ちょっと外の空気、吸ってきます」

事務所の人たちは私の顔色を確かめた後、外に出ることを許可した。事務所に連れてこられてから今までの種々の検査で、私が一週間遭難していたにしてはあまりに健康体であるということ、また一週間分の記憶の抜けはあるにしろ受け答えははっきりしており、精神面においても問題ないということが分かったためだろう。

駐車場に出ると、深緑の香りを運んだ風が鼻をくすぐった。背後に広がる原生林は、夏の日差しの下で鬱蒼と佇んでいる。

あの静謐な緑の迷宮が、自分を一週間もの間呑み込んでいたという事実に、未だピンとこなかった。冷静に考えて、一週間もあんな深い森の中で生きていられる自信は全くない。

しかし、自分はそこから生きて出てこられた。何か、自分の理解の及ばない力が私を〝神隠し〟に遭わせたのだとしたら、そのおかげで私は今生きてここにいられるのだとも考えられる。

「……分かんないな」

一人呟く。いくら考えても、答えは出ない。きっと、全部そうだ。なぜ自分が皆から世話を焼かれるのかということも、そしてなぜそれに対して傷ついている自分がいるのかということも。

きっと、お互いがお互いを気にしている結果だ。私を助ける人は、私の事を気にしていて、それを疎んじている私は、相手の事を気にしている。互いに人として関わる中で、心配したりされたりする。考えてみれば、自然な営みなのかもしれない。

（……次からは声、上げよう）

転びそうになったら、声を上げよう。

プライドと理性をごっちゃにしてはいけない。そのせいで、一週間も森の中を彷徨うことになったのだから。

助けが必要な時はきちんと声を上げるから、その時助けてくれれば大丈夫だよと、きちんと周りに伝えよう。それ以外の時は、一人でなんとかできるから。いつまでも、私に手を差し伸べてくれる人たちの言う事ばかりを聞いているわけにはいかない。

私は、きちんと自立した、一人の人間だから。

「Excuse me.」

突然背後で声がして「ひゃっ」と肩が跳ねた。……なんか、デジャヴだな。

「Sorry. Are you sightseeing? I'm on vacation.」

振り向くと、そこに白ひげを蓄えた初老の紳士が立っていた。カメラを構え、いかにもこれから山歩きしますといった格好……観光客か。そして、外国からのお客様だ。

「I've heard there're many kinds of natural monuments here. I've wanted to visit this place while I'm in Japan.」

ネイティヴスピードで繰り出される英文に、全く頭が付いていかない。どうした、私の大学二年生の英語力。

「……oh, yeah.」

レベル一の応答をしつつ、愛想笑いをする。どうやら私も観光客だと思われているようだ。

「I think primeval forests are fascinating, especially in the evening. I hope I could see them in the twilight ..... don't you think so?」

何だ？　本当に綺麗な所ですね。晴れていたらなおいいのに、貴方もそう思いませんか……ってか？　合ってるか？　合ってなくてもとりあえず、相槌を。

「い、イエス」

と、その時。

目を刺した光に、私は思わず顔を覆った。

腕の隙間から空を見上げると、そこには今まで隠れていたはずの太陽が、雲の切れ間から顔を出している。いつの間にか茜《あかね》を帯びた斜陽が、駐車場を照らし出す。

おお、とタイミングの良さに軽く感嘆を漏らす。まるで私の「イエス」に応じて雲が晴れたようだ……そんな訳ないけど。

「Wow, fantastic! You seem to have some special power. Thank you very much. I hope you will have a nice trip!」

紳士はなぜか一人で満足した様子で頷くと踵を返し、私を残して去っていった。

……なんだったんだ。

晴れた駐車場で、一気に疲労感の増した私だけが、ぽつんと残される。

「大野さん」

と、私を呼ぶ別の声。事務所の扉から、固定電話の受話器を持った捜索隊の男性が顔を出している。

「今、大学の関口先生に連絡取ったよ。すごく心配してるから、声聞かせてやって。ゼミの皆も一緒にいるって」

そこでようやく、今回最も迷惑をかけてしまった人たちの存在を思い出した。

ふう、と小さく息をつき、事務所へ向かって歩みを進める。すごく心配してるから、か。……今回の「心配」は完全に私の責任だ。きちんと謝ろう。いや、謝るより先に、「私は大丈夫です」ということを私の言葉できちんと伝えなければ。

受話器の向こうにいる先生たちへの言い訳を考えながら、私は事務所に入り、扉を閉めた。

◆◆◆

僕は腕時計を確認した後、駐車場を見渡す。もう何度同じ動作をしたか知れない。

待ち人が来る気配は、依然としてない。既に日が傾き始め、空が淡い茜に染まりつつあった。

かれこれ一時間。石畳さんから連絡がない。

石畳さんの指示で外国人観光客に姿を変え、監視対象に接近して能力の発動確認に成功した。これにて一応、四人目の救助及び調査は一段落したことになる。

監視対象と別れ、元の姿に戻してもらった後、折り返し連絡しますので少々そちらでお待ちくださいとのメッセージを最後に、石畳さんから音沙汰無しの状態が続いていた。

今一度、四人目の調査書に目を落とす。

名前の下に書かれていた「行方不明」の文字が、消えていた。

過去改変。

石畳さんから言われた時はそんな無茶な、と思ったが、まさか本当にできてしまうとは。的確な指示とイメージさえあれば、何でもできる……いつかの石畳さんの言葉に偽りはないようだった。

一週間前、監視対象の大野幸さんはこの原生林で遭難し、そしておそらく、命を落とした。

石畳さんの指示でここに派遣された僕は、大野さんが原生林を訪れてから遭難し、そして完全に消息を絶つまでの道のりを正確に辿り、そのイメージを頭の中に刻み込んだ。そして、死んでしまう前の大野幸さんを、能力で現在の原生林に呼び寄せた。これで実質的に、彼女の死を防いだことになる。

遭難したはずの人間が、一週間も経った後にほとんど無傷で発見された。多少の混乱は生じるかもしれないが、人命と比べたら許容範囲でしょうと石畳さんは言った。

その石畳さんは今、僕を黄昏迫る山林の駐車場に放置している。

せめてキャンプ場まで戻ってちゃだめかな、と僕は思い始める。こんなところで待ち惚けを喰らうより、キャンプ場の事務所でコーヒーを飲みながら待っていた方がいくらかマシだ。石畳さんの忙しさも察するが、労働の後に長時間、無意味に拘束されるのは契約違反ではなかろうか。

かといって、キャンプ場までは車で三十分。もちろんここまでは車ではなく、能力による移動でやって来たので、石畳さんの連絡が途絶えた今、僕には移動すらままならない。今度はこっちが干からびて死んでしまいそうだ、と一人溜息をつく。

目の前に一台のバンが停まったのは、その時だった。

これといった特徴のない、白い車体。後部座席の窓にはなぜかカーテンが引かれていて中が見えないようになっている、いかにもなバン。ドラマだったら百％犯罪に使われていそうな車だ。突然目の前で停車したことと、あまりに怪しいその雰囲気に、僕は思わず身構える。

しかし中から出てきたのは、武装したチンピラ集団でも、覆面を被った宗教団体でもなく、一人の男性だった。

「…………」

僕は警戒態勢のまま、歩み寄って来るその男性を窺う。

まず目につくのは、その体格の良さ。薄手の白いポロシャツの袖から覗く上腕二頭筋が眩しい。肩幅も僕や石畳さんとは比にならない。これで派手なアロハシャツなんかを着ていたら威圧感倍増だっただろうが、白シャツにグレーのフォーマルズボン、そしてなぜか革靴という見た目が、その強靭《きょうじん》なボディをうまく整えている。

男性は僕の前まで来ると、軽く頭を下げた。

「木暮慧君だね。この度は、我々琴原研究所の調査へファシリテーターとして臨時参加いただき、ありがとう。……随分、面倒に巻き込んでしまったね」

そして厚手の名刺を僕に差し出す。

「社会心理学グループ・ダイナミクス部門、琴原研究所所長、琴原蒼大です。とある事情で、今回直々に君を迎えに来た」

所長。……つまり、石畳さんの上司。

「あ、これはどうも……木暮です。石畳さんにはいつも……」

「振り回されているだろう」

「はい。……いえ！　そんなことは」

一瞬、本音が出たことに焦る。ひとまず相手の素性が分かったことで、警戒心は大分解けた。

「……あの、石畳さんは？　さっきまで連絡はいただいてたんですが……あ、今四人目の調査が一段落着いたところなんですけど、その報告をしようと思って……」

その時、琴原さんの眉が微かに動く。

「連絡を取っていた？　さっきまで？」

「……はい。研究所で別件の処理をしながらって……石畳さん、研究所にいるんじゃないんですか？」

琴原さんは少し考え込むような様子を見せた後、僕に向き直る。

「木暮君、ちょっとご一緒願えるかな。というか元からそのつもりで来たんだが……我々の研究所まで、ご同行いただきたい」

そう言いながら、背後のバンを指し示す。

「あ、はい、構いませんが……」

いやでも待てよ？　研究所って。

「いいんですか？　臨時で調査協力しているとはいえ、僕は部外者ですし……あまり詳しくは知らないんですけど、石畳さんの説明を聞く限り、そちらの研究所ってかなり秘匿性の高い組織というか、施設なんじゃないですか？　……あ、それに当研究所との連絡は調査官を介して行うものとする、みたいなことが契約書にも書かれていたような」

「常時における連絡は、の話だ。……しかし残念ながら現在、非常事態と呼ばざるを得ない状況が確認された。君を部外者のままにしておけないほどの事態がね」

非常……事態？

琴原さんは腕を組み、重い声で告げる。

「石畳が、いなくなった」

V　蒼天のイエスマン

その詩を何度読み返したか、既に覚えていない。

他者に服従することが、自分の価値の全てだった。服従することで初めて、自分という人間の能力が百％発揮されるものと思っていた。

前職に就いていた頃から愛読していたその詩集は、他者に迎合する人間の幸福と可能性について描き出したものだ。そこに書かれていることはある種、自分のような人間の伝記のように思えた。

しかし、一つだけ理解できない箇所があった。

他者に従うことで真価を発揮するような人間も、実は自分が思っている以上の潜在能力を秘めていることがある、というような主旨の一節だ。

その一節の意味が分からなかった私は、何度もその詩集を読み返した。しかし何周しても、答えは出なかった。

あの人に、拾われるまでは。

まるでSF映画のセットだった。

未だ事態が呑み込めないまま研究所に連れてこられた僕は、その内装にしばし唖然とする。

◆
◆
◆

最初、山間部にぽつんと立つ小屋のような場所に連れてこられた時は、「研究所」という言葉のイメージとのギャップに正直、拍子抜けした。しかし小屋に入った後、床板の一部から隠し通路に案内され、なぜかずらりと民芸品が並んだ廃校の廊下のような通路を目の当たりにした時、思わず「おお……」と声が漏れた。

「私の趣味だ」

前を行く琴原さんが言う。……あ、この民芸品コレクションのことか。

そして極めつきは、その通路の突き当たりから更に隠し扉を開けた先に現れた、巨大なコックピットのような部屋だ。

今まで通ってきたレトロな内装とのあまりのギャップに、僕は言葉を失う。「秘密組織」という言葉のイメージにこれほどぴったりな場所もあるまい。数え切れないほどのモニターと、近未来的な設備。その場にあるもの全てが、僕の理解できる範疇《はんちゅう》を軽く超えている。

「ゆっくり見学してもらいたいところだが」横に立った琴原さんの言葉で、僕は我に返る。「とりあえず、説明しなくてはいけないことが山程ある」

琴原さんは近くのテーブルから書類の束を取り上げ、その中の一枚を僕に手渡す。そこには一人の男の写真とプロフィール、人間関係、その他詳細なデータが書かれている。

「……これは」

「五人目の監視対象予定だった男だ」

写真には、どこか陰気な雰囲気を感じさせる男の顔が写されていた。伸びきってぼさぼさになった髪。くっきりと隈《くま》が浮き出た目。こまめに剃《そ》られているとは思い難い無精ひげ。その全てから、疲弊感が滲み出ている。

「石井《いしい》は、その男の調査を前にして、突然失踪した。こちらからの連絡に対しても、一切の応答を断っている」

「石井？」誰だ。

「ああ」琴原さんは思いついたように言った。「つい……まあ、もう隠す意味もないだろう。石井忠《ただし》。石畳の本名だ」

石井忠。

今まで調査を共にしてきた人物の、実名。

「言っておくが『石畳』という呼び名は私が付けたんじゃないぞ。石井が前職で呼ばれていたあだ名だ。そしてなぜか本人もそれを気に入っている」

「前職」予想しなかった単語ばかりが出てくる。

「そうだな」琴原さんは頭を掻いた。「五人目についての説明もしないといけないところだが……まず石井について話しておかないと、話がまとまらなさそうだな」

そして近くにあったパイプ椅子を引き寄せて腰を下ろし、僕にも座るよう勧める。

「応接間がないからここで失礼するよ。話そう。……今回失踪したうちの調査官、石井忠について」


石井忠はその時、死のうとしていた。

会社の屋上から飛び降りるという、あまりに典型的な手段で。今まさに身を投げようとしていた石井さんを、たまたまビルの下を通りかかった琴原さんが目撃。琴原さんはその場で頭上の石井さんを一喝し、その屈強な体躯《たいく》をフルに生かしてビルの外階段を駆け上り、依然として屋上のフェンスの外側でぼんやりと虚空を見つめていた彼の襟首を摑み、引き戻した。

息を切らせた琴原さんは今一度、目の前で死のうとしていたその若者を一喝し、事情を問い詰めた。……その時の彼の様子は、今でも鮮明に覚えているという。

「あいつ、暫く俺の顔を眼鏡越しにぼんやり見つめてさ、その後何て言ったと思う？」

琴原さんは研究所の天井を仰ぎ、思い返すように語った。

……貴方はもしや、私を迎えに来た死神ですか？

こんなガタイのいい死神がいるか、と琴原さんは笑った。その後、琴原さんが石井さんから聞き出した事情は、次のようなものだ。

石井忠はつまるところ、典型的なブラック企業の社員だった。彼が勤めていたのは、大手と呼ばれるグループよりワンランク下のとある航空会社。統率の取れていない上下関係。責任の所在を明確にしない、お粗末なマネジメント。モラハラやパワハラが全く認識されない、異常な風潮。そんな組織の一員として、彼は働いていた。

石井さんは、筋金入りの迎合者《イエスマン》だった。倫理観も責任感も欠如した先輩に理不尽な残業を押し付けられ、全く落ち度のない失態の責任を押し付けられ、たまに立てた手柄は取り上げられる。そんな状況にありながら、彼は一切文句を言わず、命令も叱責も黙々と受け入れながら働いていた。

おそらく、僕のように理不尽な環境に自分を適応させるため不満を押し殺していたとか、そういうわけではない。本当に、不満を感じていなかったのだ。それはもはや彼の気質だった。

彼の仕事ぶりは決して悪くはなかった。むしろ、手際も情報処理能力も人並み以上。

但し一つ、問題があった……指示された以上の事を決してしないのだ。その代わり、指示された仕事は瞬時に、しかも高い精度でこなす。この特性が、先輩から体のいい駒として目を付けられる一因となった。

　何事につけても四角四面で、どんなに踏まれても文句を言わない。そんな彼はいつしか社内で「石畳」と呼ばれるようになった。

　彼が飛び降りようとしていたその日も、仕事のストレスを苦にして自殺しようとしていたわけではない。そう指示されたからだ。

　その日、些細な事でストレスの溜まっていた彼の先輩が、鬱憤晴らしとして彼に朝からいわれのない叱責を浴びせていた。お前、言われたことしかできねえのか。おかげでこっちがお前のフォローにどんだけ苦労してるか分かってんのか。この石畳野郎……そんな中、ふとしたはずみで掛けられた言葉を、彼は「指示」として受け取った。

「自分の頭で考えられないならお前、一旦そこら辺の屋上から飛び降りて、頭外して取り換えてこいよ」

　悪辣かつ明白な自殺教唆だが、それに対して拒否したり冗談として流したりといった思考は、その時の彼には働かなかった。昼休み、彼は言われるがまま屋上に上ってフェンスを乗り越え、そして……。

「じゃあ何で、躊躇ってたんだ」

琴原さんは未だぼんやりと虚空を見つめる彼に尋ねた。彼はまるでプログラムされた言葉を再生するように、無機質な口調で答えた。

「疑問を感じました」

「疑問？」

「ここから飛び降りたところで、果たして頭脳を取り換えることができるものだろうか、と」

それを聞いた琴原さんは一瞬の沈黙の後、思わず噴き出した。疑問を感じるべきはそこではない。そこではないが、

「……疑問を感じたってのは、大きな一歩だな」

そう言うと琴原さんは電池が切れたように座り込んでいる彼の首根っこを掴み、立ち上がらせた。

「来い。お前をここから連れ出す」

その後、石井さんは航空会社を退職し、琴原さんの下で働くこととなった。

当時、大学の研究室でグループ・ダイナミクスを中心に研究していた琴原さんは、研究員補佐として彼を雇用。琴原さんの見立て通り、データのふるい分けや分析、実験参加者の募集といった雑務において、彼の右に出る者はいなかった。的確な指示さえあれ

ば、彼はどんな仕事でも人並み以上にこなすことができた。

ある日、琴原さんが彼と前職について話している際、彼はふと妙なことを言い出す。

「私が上司の指示に対して『イエス』と答えると、いつの間にかその作業が終わっているのです。『はい』と答えた時はきちんと自分で作業している記憶があるのに、『イエス』と答えた時に限ってそれが自動的に終わっていくような感覚に陥るのです。……前職では何度か、このジンクスを使って仕事をしていました」

それを聞いた時、琴原さんは前職での彼の境遇を思って溜息をついた。おそらく、「イエス」という言葉は彼にとっての暗示だ。自身に強い暗示をかけることにより、作業効率を上げていたのだろう。そうして無意識下で自分を鼓舞しないと精神のバランスを保てないほどだったのか……と、琴原さんは彼への同情を深めた。

しかし、そうでないことはすぐに分かった。

「迎合性対人夢想症候群を発見したのは、あいつがきっかけだ」

琴原さんはパイプ椅子の上で軽く首を回す。屈強な身体の下で、パイプ椅子がギシッと音を立てる。

「戯れのつもりで、あいつの自己暗示による作業効率への影響を検証してみたんだ。実験とも呼べないほどのお粗末な検証だけど、一応脳波とかも計測してね。……ところがその結果がどうだ。あいつが言っていたのは、単なる自己暗示やジンクスの類ではなかった。『特異体質』だったんだ」

　彼の「イエス」という言葉と同時に確認されたのは、今までに例を見ない異常な形状の脳波。そして、彼がこなすよう指示された実験用課題が、手を触れてもいないのにひとりでに遂行されていくという、ありえない光景だった。

「それまでにも、種々の集団実験を行う中で、他者から指示を受けた人間の反応についてはいくつか興味深い結果が出ていたんだが、石井の特異体質の発見によってそれらが確信に変わった」

　僕は、石畳さんと出会った日に受けた説明を思い出す。

「それ以来、我々は研究対象を変えた。一研究団体として大学から独立し、石井忠の能力の解明に尽力した。もちろん、彼の同意を得た上でね。そして研究を進めるうち、彼と同じような体質を持った、もしくは同じような環境の下に置かれた他の人間にも、同様の能力が発現するのではないかという仮説が立てられた。その仮説に基づき、民間・官公を問わずあらゆるデータベースを駆使して大規模調査に乗り出した結果……」

「……僕たちがピックアップされたと」

　琴原さんは頷く。

「この能力がいかに危険な可能性を秘めているかは、我々も早い段階で気が付いた。そしてこの能力を持つ人間には、できるだけ自身の能力について自覚させないことが最善だという結論に至ったんだ。一方で、我々もまだこの能力について知らないことが多い。なにせ身近なサンプルが石井しかいないからな。この能力はおそらく、本人の性格や周りの人間関係によって危険度が変わってくる。その点を考えると、あいつはほら、なんというか」

「ちょっと極端なサンプルですね」僕は察して言葉を継ぐ。

「だから、能力の詳細の調査と、能力を持つ人間の危険性のチェックを兼ねて、今回の調査に踏み出したんだ。……まさか一人目から失敗するとは思わなかったが」

「すみません」

「君のせいじゃない。連絡のために裏路地に入る時、背後をつけられていないか気を付けるよう指示しなかった私の落ち度だ」琴原さんがかぶりを振る。……石畳さんの上司というのも、何かと苦労が絶えなさそうである。

「それで」僕は話を戻す。「いしだた……石井さんの素性と、今回の調査の経緯は分かりました。……そんな彼が今回失踪したというのは、一体」

「ああ」琴原さんは顔をこちらに寄せ、少し声を潜める。「それが、今回の『非常事態』のうちの一つだ」

石井さんが連絡を絶ったのは、一昨日の午後。僕らが三人目の調査を終えた後の事だ。

あの日、研究所から石井さんに、四人目の監視対象が行方不明になっているという事と、それからもう一つ、とある「トラブル」についての連絡がなされた。ひとまず四人目についてはファシリテーターの僕に調査を任せ、石井さんに関しては現在行っている三人目の調査が終わり次第、速やかに研究所へ戻るようにとの指示が出された。

調査を終えて僕と別れた石井さんは研究所へ戻り、そこでその件についての詳細を伝えたという。そしてその後、少し単独で調査を進めますと言い残し、そのまま行方が分からなくなった。

「待ってください。……じゃあ昨日今日と、僕が四人目の足取りを追いながら石井さんと連絡を取っていた時、彼は既に研究所からいなくなっていたってことですか」

「そうなるな」

「……てっきり、研究所で別件の調査をしながら連絡を寄越《よこ》しているのかと」

「こちらとしては逆に、石井が君と連絡を取り続けていたことが驚きだよ。行方を晦《くら》ませた後も、ひとまず四人目の調査が終わるまでは責任を持って君のフォローをする……ほんとに、変なところで律儀だな、あいつは」

僕は口をつぐむ。大野幸さんの調査で連絡を取っていた時、まさか石井さんが研究所から失踪中だったとは。そんな気配は微塵も感じられなかった。

原生林からここの研究所へ向かう道中、僕は車内で何度か石井さんに着信を試みていたが、出る気配はなかった。四人目の調査が完了した以上、もう僕とも連絡を取る気はないらしい。

「……じゃあ、もう一つ」僕は考えながら口を開いた。「多分、今回僕がここに来た件で、一番重要な事だと思うんですけど」

　琴原さんは黙って、僕の言葉を待つ。僕は先程渡された調査書に、今一度目を落とす。

「この人。五人目の監視対象予定だったって仰いましたよね。……もしかして石井さんがいなくなったのって、この人と何か関係してるんですか」

「そうだ」案の定、琴原さんは頷く。「察しているだろうが、我々が石井を呼び戻した原因の『トラブル』というのも、その人物についてだ」

「でも石井さんは、今回の『トラブル』は調査とはまた別件だって言ってました」

「それが、今回の件についての、あいつからのメッセージだ」

　琴原さんは真っすぐ僕の目を見た。その眼力だけで、僕は身体が圧迫されるような感覚を覚える。

「この『トラブル』の処理は……つまり五人目の調査は、自分一人でする。……ってな」

◆ ◆ ◆

眼下に広がる夜の街で、過去が光っている。

かつて勤めていた会社の窓から漏れる明かりは、この時刻になっても当然のように残業を強いられている社員の存在を示している。

その昔、自分もあの中にいた。声を上げることを知らず、ただ黙々と上の人間に踏まれる。そんな、石畳のような存在として生きていた日々。

あの窓の向こうに閉じ込められているのは、あの日の自分だ。

向かい側のビルの屋上で、しばし夜風に佇む。手元には、五人目の監視対象の調査書。一応手に持ってはいるが、目を通す必要はない。とっくに内容は覚えたし、なんなら覚えるまでもない。それは自分にとって、これ以上ないほど馴染《なじ》みのある人物のプロフィールが書かれているに過ぎないからだ。

山崎純一郎《やまざきじゅんいちろう》。二十六歳、会社員。……いや、元会社員。かつて、自分の先輩だった人物。

そして自分を、〝イエスマン〟たらしめた人物だ。

◆　◆　◆

「山崎は、石井と同じ会社にいた。石井に強く当たっていた社員の中で、特に執拗に石井に絡んでいたのが、山崎だ。……ストレスのはけ口にしていたというのもあるだろうし、何より石井がいれば面倒な仕事は全て回して、楽ができるからな。そういう意味では、最も石井に依存していた人物といえる。事実、山崎自身の業務成績は良くない」

要は、石井さんの前職で最も関わりの深かった人物ということだ。

「……もしかして、琴原さんが石井さんに出会った時、飛び降りの教唆をしたのも」

「山崎だ」琴原さんはやや哀れみを含んだ口調で言う。「本当に石井が死んでいたら、どうするつもりだったんだろうな。山崎自身の精神的な拠《よ》り所《どころ》も失われていただろうに」

結局その後、琴原さんが石井さんを引き抜いたおかげで、山崎は優秀な後輩を失うことになった。若手社員の離職率が異常に高かったその会社で、それまで使っていた後輩を失った山崎は、いつの間にか「使われる側」になっていた。

「月並みな言い方だが、因果応報ってやつだ。それまで下の人間にしていたことを、今度は自分が受けることになったわけだ」

逆らう事もできず、次々と投げられる激務をこなす日々。少しでも風当たりを弱めるために、自分を守るために、山崎は上司に対して迎合し続けた。その結果、

「……イエスマンになったと」

単純というか、至極当然というか……ありそうな話だ。

「で、それだけならまだ問題はなかった。山崎自身は石井と同じく、自分の能力について薄っすらと自覚はあったようだったが、それを使ってどうこうしようって考えはなかった。そもそも、他人に何か指示されないと意味を為さない能力だ。そして、山崎にとって利益になるような、もしくは山崎の能力を活《い》かせるような指示をしてくれる人間は、あの会社にはいなかった」

　僕は頷く。僕や石井さんがこの能力をある程度使いこなせているのは、石井さんが僕に、また琴原さんが石井さんに、状況に応じて的確な指示をくれているからだ。そういった協力関係がなければ正直、この能力は何もできない。

「……じゃあなぜ今回、それが『非常事態』になったんですか」

　琴原さんは僕の考えを見透かすように、自分の顎を撫でる。

「山崎に、指示を出せる人間が現れたんだ」

　琴原さんは調査書の下の部分を示した。そこには、今回の監視対象である山崎とは別の、もう一人の男の写真とプロフィールが載せられている。

　山崎とは対照的に、小綺麗な印象の男だ。端整な顔立ちとヘアスタイルは、おそらく二枚目と呼ばれる部類に入る。一方でその切れ長の目は、どこか狡猾そうな雰囲気を醸し出している。

「宮本優《みやもとゆう》、二十七歳。職業は私立探偵。……山崎の能力に気が付き、それを利用しようとしている男だ」

発端は、山崎の妻だった。

証券会社に勤めていた山崎の妻は、夫の会社の実情を知らなかった。遅くまで帰らず、時には朝まで家にいない夫の様子に、嫉妬深かった妻は浮気の可能性を疑った。そこで浮気調査を依頼されたのが、宮本だ。

「宮本自身は、大した実績もない三流探偵だ。安さと口のうまさでなんとか糊口《ここう》を凌いでいるような奴だよ」

それでも宮本は、三流なりに山崎の身辺調査にあたり、彼の一日の行動パターンを調べ上げた。

山崎が不倫をしていないことは、宮本は割と早い段階で気が付いた。彼の帰りが遅くなる原因が会社にあることも、彼の会社がどんな過酷な労働環境であるかも。

しかし、それらは宮本には関係のないことだった。浮気の事実が無かったということだけ伝えれば、依頼としては完了だ。ただ宮本は調査費欲しさから、浮気ではないと分かった後も惰性で暫く調査を続けていた。

「……そうしたら、運の悪いことに……宮本にとっては幸運だったかもしれないが……浮気とは別のものが見つかったんだ」

琴原さんは手元の調査書に目を落としながら言う。

「横領だ」

山崎は、上司に言われるがまま、経理という立場を利用して会社の金に手を付け、それを上司に吸い上げられていた。精神的に疲弊していた山崎にとって、言う事を聞かないと社内での扱いを更に厳しくするという上司の圧力に抗《あらが》うことは不可能だった。一度横領に手を染めてしまった以上、内部告発することもできなくなっていた。

そこに目をつけたのが、宮本だ。

「宮本は山崎の妻に調査の結果を報告して依頼を終了した後、山崎に個人的に接触した。最初は、横領の証拠をネタに山崎を強請《ゆす》る算段だったようだが、脅迫されて平静さを失った山崎は、宮本にある事を口走った」

私は、人に命令さえされれば、何でもできます。「イエス」と答えるだけで、相手が望んだ通りになるんです。これで宮本さんの望みは何でも叶えますから、どうか見逃してください、と。

最初は戯言《ざれごと》として受け取った宮本だったが、何度かの検証の後、山崎の「能力」が本物であることが分かった。

その瞬間宮本は、「脅迫」から「洗脳」へと方針を変えた。

「俺の指示に従え。そうすればお前は、万事大丈夫だ」

琴原さんが、宮本の言葉を憶測で再現する。

「宮本は、山崎の〝理解者〟になることで、山崎に指示を与えられる存在になった。山崎に取り入ることで、その能力を利用できるようになったんだ」

宮本は山崎の能力で、山崎が横領に関与した全ての証拠を湮滅させた後、山崎を退職させた。それが、今から五日前のことだ。

「じゃあ、研究所はそれを察知して、石井さんを急遽《きゅうきょ》呼び戻したんですね」

琴原さんは頷く。

「本人が能力に気付くだけなら、まだいい。能力の特性上、本人だけの力でそれを悪用できる可能性は低いからな。……しかし第三者がそれに気が付き、しかも本人に取り入ってそれを利用できる状態になってしまった。これは我々が考えうる中で、最悪のケースだ」

ふと、調査開始前に石井さんが言っていたことを思い出す。なぜこんな能力が今日まで悪用されていないのかという問いに対し、石井さんが挙げた仮説は、イメージの欠如。本人の無自覚。そして……そういった指示を出す者の不在。

そんな中で、能力を悪用するための指示をいつでも出せる人間が現れたとしたら、状況がまるっきり変わってくる。無論、悪い方向に。

「ひとまず石井に状況を伝えて、対応を検討するつもりだった。石井一人で対応した方が良さそうなら彼だけを派遣して、私が指示を出しながら対応に当たってもらう予定だったし、君の力も借りた方がいいと石井が判断すれば、君にも助力してもらう予定だった。……それが、まさか」

琴原さんは溜息をつき、椅子の背にもたれかかる。

「私の指示なしで……つまり、能力が使えない状態で単身飛び出していくとは。よほど今回の件に、他者を関わらせたくないらしい」

「……なんで、そこまで意固地に」

「さあ。……ただきっと、あいつなりに曲げられないもんもあるんだろうよ」

研究員がモニターの前で複雑そうな機械を操作する音が、施設内に響く。石井さんもきっと、決して短くはない時間を、この場所で過ごしていたはずだ。

「話が長くなったね」

おもむろに琴原さんは立ち上がる。

「ここまで聞いたら、今回ここに君を招いた理由も、分かってもらえたんじゃないかな」

「…………」

僕が、ここに招かれた理由。

五人目の監視対象の能力が悪用される危機が生じた。

唯一の調査官である石井さんは単独で五人目の元へ向かい、連絡がつかない。

そんな状況下でこの琴原研究所が打てる手段は、もはや一つしかない。

「……でも」

僕は椅子から腰を浮かせる。

「石井さんの行方が分からないことには、どうにも……」

「居場所の特定はできていない。だが、これから向かうであろう場所の見当はついている」

そこで琴原さんは近くにあるモニターの前まで僕を促し、操作盤に向かっている研究員に何事か囁いた。数秒後、目の前の画面が切り替わる。そこには海沿いのエリアを示した地図と、とある航空会社の予約ページが表示されている。

「……これは？」

「明日の午後一時半、ここの空港から発《た》つ国内便のうちの一つに、宮本と山崎の名前で二人分の予約がある」

「どこへ向かうつもりなんでしょうか」

「予約されている便自体は、四国方面へ向かうことになっているが……」琴原さんはそこで言葉を切った。「だがもしかしたら、飛行機での移動自体が目的ではないのかもしれない」

そこで僕は、琴原さんが示唆している可能性を察する。ほぼ万能の力を悪事に利用できる人間が、旅客機に搭乗して企てそうな事。

「……ハイジャック、ですか」

琴原さんは黙ってモニターを見上げる。

「根拠は？」

「この旅客機は、山崎がいた会社のものだ。セキュリティに関する情報やその抜け穴を把握するのは、極めて容易《たやす》い。山崎にとっても、空港の構内図や旅客機の構造の『イメージ』は摑みやすいだろう。……どういう事か分かるね。イエスマンの能力は、本人のイメージに依存する。この空港や旅客機の中は、山崎がイエスマンとしての能力を十二分に発揮できる場所だ」

しばし、沈黙が降りる。石井さんの事だ。研究所から失踪する前に、これくらいの情報は既に摑んでいるはずだ。そうなると、山崎を止めに行った石井さんは、十中八九この便に搭乗してくる。

指示を仰ぐ相手がいないまま、能力を使えない状態で。

隣に立つ琴原さんを見る。屈強な身体に支えられた武骨な顔に、遠くを見つめるような表情が浮かんでいる。

琴原さんは、五人目の監視対象の能力が悪用されることを恐れて、僕の所へ来た。

……でもきっと、それだけではない。

監視対象以上に、琴原さんが案じている相手。それはきっと。

「さあ、これで全部だ」

琴原さんは僕に向き直り、両手を広げて見せた。

「秘密裏に進めていたこの研究の全貌も、石井のことも、今何が起こっているのかも……そしてこれから何が起こりうるのかも、全て話した。これ以上、打算も計算もこちらにはない。本来なら我々が直《じか》に赴いて山崎に接触するべきだが、相手は〝イエスマン〟だ……しかも宮本という頭脳《ブレーン》を連れている。もし衝突することになった場合、我々だけではどうにもできない。対抗できるのは、同じ力を持った人間だけだ。現時点で我々にできることは……君の協力を、期待する事のみ」

そして琴原さんは僕に向かって、深く頭を下げる。

「研究所を代表して依頼する。木暮慧君。当研究所の調査官代理として、五人目の監視対象の元へ向かってほしい。そこで能力の悪用を阻止し、そして……石井忠を、連れ戻してほしい。頼む」

◆　◆　◆

チェックインカウンターの前に、まばらな列ができている。

飛行機の到着時刻と離陸時刻を示すデジタルモニターが、決して多くはない利用客に向けて大仰に光っていた。

平日水曜の空港にいるのは、これから出張に向かうビジネスマン、それから少数の旅行客。心なしか年配者が多い。

トランクのタイヤが、ロビーの床の上で重そうな音を立てている。待合室のソファからは、昼過ぎの空港内に満ちたどこか緩慢な空気が感じ取れた。

利用客たちの危機感に欠けた表情に目を配りながら、その男の気配を探す。おそらく、どんな人混みの中でも自分なら見つけられるだろう。あの、近くにいるだけで空気が淀むような存在感。絶対にこちらがいい気分になるような出来事をもたらしそうにない、負のオーラを纏った男。その下で働いていた自分には分かる。この人口密度の中であの男を……山崎を見落とすことは、絶対にない。

そして案の定、現れた。

予想以上だった。その男は……山崎は、最後に見た時よりも一段とやつれている。全身から滲み出る倦怠感《けんたいかん》と疲労感は、間違いなく仕事のストレスから来ているものだろう。先週をもって辞めたと聞いているが、辞めて一週間弱では抜けないくらいの精神的負担をその身に受けてきたようだ。

山崎の様子を見ていると、同じような労働環境下で自分が心身のバランスを崩さず、一応人間として生きていられたことが不思議に思える。きっとイエスマンとして自分を周りに適合させることで、無意識に苦痛を受け流していたのだろう。……もちろん、その代わりに失ったものも多かった。そしてその失ったものたちは、自分を拾ってくれたあの人が、再び与えてくれた。

――意思を持て。自分の力でどんなこともできるという意思を。人に従うことが、お前の価値じゃない。

あの人の言葉は、今でも耳の中に残っている。

そして、山崎を連れて現れたのは、調査書にあったもう一人の男。いかにも頭が切れ、弁が立ちそうな印象の男。あれが、宮本だ。

宮本が山崎に何事か話しかけている。と、山崎のげっそりとした顔に薄っすらと笑みが浮かんだ。二人はそのまま電子航空券を購入するため、端末機の設置されている一角へと消えていく。

一瞬、山崎の顔に安らかな表情が浮かんだことを、意外に思った。山崎はおそらく、本当にボロボロの、人間として壊れる一歩前の段階で、宮本に拾われたのだろう。一緒に働いている間、一貫して不機嫌そうな顔しか見せなかった山崎の先程の表情は、山崎があの宮本という男にいかに気を許しているかを物語っている。

いたたまれないですね、と声に出さずに呟く。確か三人目の監視対象にも、同じ事を言った気がする。

山崎に対して、同情や仲間意識、助けなくてはといった義務感などは全く感じない。ではなぜ、自分はここに来たのか。あの男が、自分の「過去」だからだ。

人に従う事が幸福だと、疑いもしなかった自分。自分の存在価値が他者に依存していると、思い込んでいた頃の自分。そんな、過去の自分とのケジメをつけるためだ。

自分を拾い、人間としての意思を与えてくれたあの人を……琴原さんを、この件に関わらせたくはなかった。

チケットを手にした山崎と宮本が、手荷物受取所の方へ向かっていく。見失わない程度に二人が離れたのを見計らい、ソファから腰を浮かす。これから自分が何をすべきなのかは、既に分かっている。

山崎と宮本の後方、五人ほどの間隔を空け、保安検査場に並ぶ。前方を進んでいく二人は、問題なくゲートを通過し、金属探知機に引っ掛かることもなく、検査エリアを通過した。

機内で何か事を起こすつもりなら、順当に考えて、刃物なり爆発物なりを持ち込もうとするはずだ。能力でセンサーを無効化しているのか、それとも後から能力で取り寄せられるからここでは持ち込んでいないのか……おそらく後者だろう。センサーを無効化するためには、使用されている探知機やゲートの構造・性能を詳細にイメージする必要がある。ここで使われている探知機やゲートは山崎がいた会社のものなので、そういった情報を入手することも可能ではあるだろうが、なにせ手間がかかる。予め他の場所に安置しておいて、搭乗後に能力で取り寄せた方が楽だ。

二人を見失わないように手早く検査を済ませ、搭乗口へ進む。周りには、自分たちと同じ便に乗り込むであろう乗客たちがばらばらと歩いている。ある者はスマホを見ながら、ある者は腕時計を気にしながら、ある者は同伴者と喋りながら。誰もこの中に、常人ならざる能力を持った人間が紛れ込んでいるなんて思っていないだろう。

それでいい。それが「正常」だ。

この「正常」を壊さないまま、今回のフライトを終わらせなければならない。

正直、山崎と宮本が具体的に何を企《たくら》んでいるのかは不明だった。一定の縛りがあるとはいえ、迎合性対人夢想症候群がいわば「何でもできる能力」であるが故に、それを持った人間が「何をしようとしているか」は極めて予測しづらい。

今回のケースでは、諸々の状況を鑑みるに、かつて自分がいた会社に対して山崎が報復目的のテロを起こそうとしている、という筋書きが最も可能性が高いと判断したため、こうして監視をしている。だがそれも冷静に考えれば、憶測の域を出ない。

全てが憶測でしかない以上、最悪の事態を考えて動くほかなかった。

午後一時半。

ギュイイーン……という低いエンジン音と共に、背中が座席に押し付けられる。

山崎と宮本、そして自分を乗せた旅客機が、定刻通り離陸に差し掛かる。

座席に対する乗客の数は、目測で半分ほど。自分が座っているのは、後方寄り右側の席の通路側。隣の窓側の席は空席だ。なぜならそこも自分がチケットを取っているから。空席にするために、わざわざ別名義を使ってもう一人分の予約を取った。

通路を挟んで進行方向左側、四列ほど前の席に、山崎の後頭部が見える。宮本もその隣にいるはずだ。二人の動きを見張れる位置に席を取れたのは幸運だった。

機内アナウンスが入り、高度が安定する。ここから窺う限り、山崎と宮本はほとんど言葉を交わしている様子はない。搭乗前に段取りを既に共有しているのだろうか。可能性を考えればきりがない。目の前でこれから起こる事に対し、できる限り迅速に対応するしかない。


そして、離陸から十分ほど経った時。

宮本と山崎が立ち上がった。

離席した二人は、トイレのある後方ではなく、操縦席がある前方へ進んでいく。

……動き出した。

周囲に乗務員の姿は見えない。不審な動きをしている乗客がいる、などと通報できれば早いのだろうが、言ったところで証拠など見つからないだろうし、二人も白を切るに決まっている。あるいは、不審な動きをしていることがバレた時点で、即座に行動を起こすかもしれない。その可能性も考えると、下手に刺激するわけにはいかなかった。

すっ、と一呼吸置いてシートベルトを外し、座席から腰を浮かせた時、

「お手洗いですか？」

右隣から声がした。

数秒前まで空席だったはずの座席から突如自分を呼び止めた、聞き覚えのある声。

誰なのかは見なくても分かる。ここに駆けつけてくる事を、予想していた。

「遅刻ギリギリです」

そう返すと、溜息が聞こえた。隣から、呆れに満ちた視線を感じる。

仲間である、木暮慧の視線を。

◆　◆　◆

石井さんは手振りで僕に立つよう指示し、通路を前方に進んでいく。

（……詫《わ》びくらいあってもいいじゃないか）

口にしそうになった不満を呑み込み、シートベルトを外して石井さんに続く。

長い通路の両側に、乗客の姿がまばらに見える。数人の話し声とエンジン音の他、パソコンで作業していると思しき客がキーボードを叩く音がどこからか聞こえる。石井さんの方が数倍速そうだ、とそのタイピング音を聞きながら場違いな事を考える。

「なんでここが分かったのか、聞かないんですか」

前を行く石井さんの背中に、小声で尋ねる。

「琴原所長と会ったのでしょう。私の失踪と五人目の監視対象の件を聞いた上で、所長の指示で能力を使ってここへ来たと」

振り向かない背中から、同じく小声の答えが返って来る。

「宮本がこの便へ予約を入れていることは研究所の方で把握できますし、同じ便の予約状況を見れば私がここに席を取っていることも分かります」

その言い方に、僕は眉をひそめる。

「……もしかして、僕がここに来る事、計算してました？」

「そのために隣を空けておきました」

僕は身体から力が抜けるのを感じる。

「じゃあ……能力が使えない事を覚悟で、私情で単身突入したとかじゃないんですか？　五人目の監視対象が自分の元上司だったから、僕や琴原さんを巻き込みたくなくて」

「所長から事情を聞いた木暮さんがここに来ることは予想していました。合流して私か木暮さんのどちらかがもう片方に指示を出せば、能力は使えます。なので所長はともかく、木暮さんを巻き込む気は満々でした」

「それって……」

「今までの調査と、何ら変わりません」

「じゃあなんでわざわざ行方を晦ませたりしたんですか！」

思わず大声を出しそうになり、自分の口を押さえる。石井さんが口に人差し指を立てて振り向く。分かってるっつの。

「それについては後で。今は」

石井さんは前方を見た。客室前方のドアが開き、山崎と宮本がその先に消えていくところだった。

「…………」

僕はきっと口を結ぶ。一つは、不満を抑え込むため。もう一つは、覚悟を決めるため。

「……ですが」

再び僕に背を向けた石井さんが、ドアの前で立ち止まる。

「私情であることは、認めます」

ドアを閉めると、客室にいた時よりもエンジン音が一段と音量を増して鼓膜を揺さぶる。

石井さんと僕は壁に身を寄せ、耳を立てる。僕らがいるのは、客室と操縦席の間の空間。壁を隔てて進行方向左側には、搭乗口がある。その搭乗口手前のスペースで、宮本と山崎は何やら話しているようだった。エンジン音のせいで話の内容は聞き取れないが、おかげでこちらの気配にも気付かれていないようだ。

「どうやって二人を押さえるか、決めてるんですか」

石井さんの耳元で囁く。完全に二人がテロないしハイジャックを起こそうとしている前提で話を進めているが、あの不審な挙動を見る限り、当たらずとも遠からずだろう。

「機内で大捕り物を見せるわけにもいきません。今回阻止するべきなのは能力の悪用だけではなく、能力が悪用されることで迎合性対人夢想症候群という現象が公に知られてしまうことも防ぐ必要があります」

「じゃあ、どうするんですか」

石井さんは顎で左前方を示した。そこには、横にスライドするタイプの厚手のドアが一つ。

「……多目的トイレ？」

石井さんが頷く。

この旅客機には、客室後方にある男女別のトイレとは別に、多目的トイレが前方に設置されている。音が客室に漏れるのを防ぐため、扉は厚手の造りになっていた。

確かに、通常のトイレよりも広いスペースが確保されているあそこであれば、二人を連れ込むのには十分な場所だ。それにあの中であれば多少の騒ぎがあっても、外に漏れにくいかもしれない。

「私の合図で、二人の背後から近寄り、トイレの中に連れ込みます。私が山崎さんを、木暮さんは宮本を。特に宮本は抵抗が予想されますので、お気を付けて」

なぜさらっと、危険な方を僕に押し付けようとする？

「トイレの鍵を掛けましたら、私が『宮本が声を発せなくなる』よう指示を出しますので、応じて能力を使ってください。宮本が山崎に指示を出せなくなれば、ひとまずは安心です」

僕は再び文句を呑み込み、頷く。つまり、二人を相手に乱闘を起こす必要はないということだ。山崎が能力を使えるための条件さえ無くしてしまえば。僕は自分を納得させつつ、一応不安要素を共有しておく。

「でも石井さん、もしも……もしもなんですけど、僕らの懸念が全くの的外れで、二人が何もする気がなかったとしたら、どうしますか」

「その時の判断は、私が……」

と、ふいに石井さんが口に人差し指を立て、前方に目をやる。搭乗口の方で人影が動き、山崎と宮本が現れた。こちらに気が付く様子もなく、操縦席へ通じるドアの前に向かう。そして山崎の手には……刃渡り十五センチほどのナイフが握られている。

ひゅっ、と喉の奥が鳴るのを感じた。あんなものを持って搭乗ゲートを通過できるわけがない。間違いなく、山崎の能力で取り寄せたものだった。そして旅客機にナイフを持ち込む目的など、一つしかない。その瞬間、僕らの懸念が間違いであるという可能性は消えた。

石井さんは一瞬の目配せの後、ほとんど足音を立てず滑るように二人へ近付いていた。思いのほか素早い石井さんの身のこなしに驚きつつ、僕も後に続く。

石井さんが多目的トイレの横をすり抜けざま、ドアを全開にする。山崎が操縦室のドアに手を掛ける瞬間、石井さんが山崎の肩を叩く。

山崎が振り向くか振り向かないかのうちに、石井さんが山崎の腕を掴み、トイレの中へ引き込んだ。

「っおい⁉」

突然の事に驚く宮本に僕は背後から近付き、渾身《こんしん》の力でトイレの中へ突き飛ばす。

「うわっ⁉」

つんのめるようにしてトイレへ吸い込まれていく宮本の後を追い、僕もトイレに入る。

誰にも見られていないことをちらりと確認し、後ろ手にドアを閉め、鍵を掛ける。

「木暮さん、宮本を黙らせて！」

石井さんが叫ぶ。石井さんは呆気にとられたままの山崎の手を背後から押さえ、ナイフの動きを封じていた。

僕は頷く。一瞬だが、宮本の叫び声を今しがた聞いた。宮本の声のイメージはできている。

「イエス」

僕の言葉が、成人男性四人で混み合うトイレの中に響く。

しばし、妙な静寂が流れた。

宮本が困惑した表情のまま、こちらに何か言おうとしている。しかし、激しく開閉される宮本の口からは、声が全く出てこない。

……成功だ。とりあえず。

一瞬の安堵も束の間、宮本が必死に口を動かしながら、真っ赤な顔でこちらに摑みかかってくる。

「!!」

ヤバい。取っ組み合いには自信がない。

思わず腕で顔を覆う。……しかし、宮本の手が僕に触れる様子はない。

恐る恐る目の前を確認すると、信じられないことに、石井さんが宮本をトイレの床に組み伏せていた。その背後、宮本の手が届かない場所に、山崎の持っていたナイフが投げ捨てられている。

ナイフを取り上げられた山崎は、未だに呆然とした面持ちで床に座り込み、僕らを見つめている。こちらは、摑みかかって来る気はないようだ。僕は今度こそほっとし、壁の手すりに身体を預ける。

押さえつけられた宮本は暫くの間、口をぱくぱくさせながら抵抗していたが、次第に大人しくなっていく。

……これ、あれだな。石井さんがこんなに強いなら、別に単身突入でも良かったんじゃないか。

そんな事を思いながら、僕は壁にもたれたまま呼吸を整える。刺されこそしなかったが、刃物を所持した成人の男二人を取り押さえたことへの緊張感が、心拍数を著しく上げていた。

石井さんは宮本がある程度大人しくなったのを認めると、床にへたりこんでいる山崎に目を向ける。そして、僕にアイコンタクトを送った。

……あ、はい。そういうことね。

気まずいから、お前が事情を聞いてくれ、と。

石井さんのアイコンタクトを理解できたことに我ながら不本意さを覚えつつ、軽く頷いて山崎に向き直る。山崎は虚《うつ》ろな目で、組み伏せられた宮本を見つめている。石井さんを見て殊更反応を示していないところを見るに、石井さんがかつての部下であるということに気付いてはいないようだ。

とはいえ、元上司と対面する気まずさは何となく想像できる。ここでゴネても仕方がないので、仕方なく山崎の聴取役を引き受けることにした。念のため、トイレの扉を背にして退路を阻んでおく。

「山崎純一郎さん……で合ってますよね」

山崎が僕を見て目を見開く。そのリアクションは、合ってるってことで良さそうだ。

「僕らはその……ちょっと特殊な機関の者です。あ、警察とかではないです、全然。山崎さんの事は前から知っていて、お話伺えればと思っていたんですが、今まさにナイフを持って操縦室に突入しようとしているところを見てしまったので、ちょっと強引に取り押さえる形になってしまって、すみません」

山崎は分かったような分かっていないような顔で、口を半開きにしてこちらを見ている。どちらかというと取り押さえられている宮本の方が、僕の「特殊な機関」という言葉に反応を示したようだった。

「えっと、僕らがどういう組織かっていうのはその……何となく心当たりがあるんじゃないかと思うんですが」

　僕は宮本の方にちらりと目をやり、再び山崎の顔を見る。山崎は僕の視線を追い、なぜか急に声を発する事ができなくなった仲間を見て、少し考えた後、はっと何かを思い出したような顔をした。おそらく、トイレに連れ込まれた時に僕と石井さんが行ったやりとりを……主に、僕が発した「イエス」という言葉を思い出したのだろう。そして、きっと気が付いた。

　こいつらは……自分と同じことができる人間だ。

「僕らも、山崎さんのその……能力？　体質？　の事は把握しています。なのでその辺を踏まえてお聞かせ願いたいのですが……ご自身の能力を自覚されてから今までの経緯について、伺えますか？」

　その辺を踏まえてというのは、変に隠し立てしないで、の意だ。

　山崎は暫く呆《ほう》けたような表情で虚空を見ていたが、急に僕が尋ねていることの意味を理解したのか、はっと目の色を変え、床に手を付く。

「ち、違うんです」

　石井さんに取り押さえられた宮本が何か言いたげに口を動かしたが、当然、言葉は出ない。

「試したかったんです」

「試したかった？」

僕は石井さんの遥か後方に落ちているナイフに目をやる。

「……ナイフ一本でハイジャックができるかどうかってことをですか？」

「ち、違います」

山崎は、今にも土下座せんばかりの勢いだ。

「自分に……何かを為す力があるのかを」

一瞬、妙な間が流れた。自己啓発本のタイトルのようなフレーズが出てきたことに、僕は数秒沈黙する。そんな僕をよそに、なぜか徐々に平静を取り戻してきた様子の山崎が、床に手を付いたままぽつぽつと語り出す。

「ハイジャック……そうですよね。飛行機に乗ってナイフを取り寄せて操縦席に入ろうとしたんだから、結果的にはハイジャックってことになるんですけど……正直、それはどうでもいいんです。というか、何でも良かったんです、別に。こんなことじゃなくても、何でも」

宮本が石井さんの下で身じろぎしたが、拘束が解ける様子はない。

「僕の事、知ってるんですよね？　やっぱりいたんだ、他にも。そう、そうなんです。僕、変なんです。相手の言ったことに対して『イエス』と答えるだけで、それが本当にできるんです」

僕は石井さんと視線を交わした。やはり、能力の自覚がある。

「気が付いたのはほんの数カ月前なんですけど……でもそれに気が付いた時は正直、だから何だって感じだったんです。だって結局、相手に言われたことしかできないし、それに……仕事に使えるわけでもないし」

石井さんの眉が一瞬、動いたような気がした。気がしただけかもしれない。

「そんな感じで、僕はこの力を持て余してたんです。そんな時に宮本さん……あ、その人に会って」

山崎は、組み伏せられている宮本に目を向ける。

「……俺が、お前の力を有効活用する方法を教えてやるって」

――俺が、お前の力を有効活用する方法を教えてやるよ。

宮本にそう言われた山崎は、しばし信じられない面持ちで目の前の男を見つめた。

今から三カ月ほど前の、とある深夜。残業の山を消費し、それでもなお消費しきれなかった山の残骸を抱えて会社を出た山崎の前に、宮本は現れた。そして、山崎が上司に指示されて業務上横領をしている事を指摘した。

案の定、宮本はそのことをタネに山崎から金を脅し取ろうとした。しかし突然の事で動転した山崎は、横領の証拠との交換条件を呈示しようと思ったのか、咄嗟に自分の

「能力」を宮本に口走る。

相手の発言に対し「イエス」と言えばそれを実現できる。今までに数回、上司の指示に対し試してみたことがあるが、使いどころが難しく中々思ったようにいかなかった……それを聞いた宮本は、この山崎という男がいかに操りやすそうな男であるかを瞬時に察し、脅迫から一転、山崎に協力を申し出たのだ。

山崎の能力が本物であることを確認した宮本は、その能力で山崎の横領の証拠を全て湮滅させた。

本来であれば、それで山崎の弱みは全て無くなったわけなので、山崎は宮本と縁を切ることも可能だった。しかし、できなかった。

宮本が完全に、山崎の心を掌握していたからだ。

「宮本さんは、光でした」

山崎は、遠い日の思い出を語るように呟く。

「他人の言う事を肯定するばかりだった僕を……僕自身の事を唯一肯定してくれたのが宮本さんでした。宮本さんといる時だけ、僕は一介のブラック企業の社員ではない、世界で特別な人間になれたような気がしたんです」

僕は山崎に目を向けたまま、気配だけで石井さんの表情を探ろうとしたが、当然無理だった。真正面から顔を見ても、表情が分からないような人だ。

だが、一緒に仕事をした仲だ。考えていることは何となく分かる……石井さんはきっと今、呆れている。

山崎は完全に、宮本に依存している。いつか、三人目の監視対象である佐倉治が御嶽直人に憧れていた時よりももっと重度に心酔している。そういう人間は、石井さんの最も軽蔑するところだ。

「宮本さんに言われて、会社も辞めました。お前ならもっとでかいことができるって。それで一緒に計画したのが、今回の事で……お前を虐げてきた会社に対して、きちっと落とし前つけてやれって」

話を聞く限り、今回のハイジャック未遂は宮本が山崎を唆《そそのか》して行った事らしかった。山崎の能力があれば、ゲートで引っ掛かることなく危険物を持ち込めるし、失敗した場合の脱出も容易だ。山崎には「復讐《ふくしゅう》」という正当な理由が与えられ、また宮本は乗務員や乗客を人質にして身代金を得られる。

「お金を盗むだけなら、僕の能力で会社の金庫から抜き取ることもできたんですけど、宮本さんはそれじゃ意味がないって。会社が管轄している旅客機で事件を起こせば会社の顔に泥を塗れる、そうしたら会社がお前にしてきた事も明るみに出るだろうって、あくまで僕に花を持たせてくれようとしたんです」

山崎はもはや半分、自分語りに入ったような様子だ。自分と同じ能力を持った人間を二人も前にして、ある種諦めというか、安堵しているような心境なのかもしれない。

「僕は……成功してもしなくても、どっちでも良かった。宮本さんという理解者を得られた事がただただ嬉しかった。そして、こんな自分でも何かを為せるかもしれないと思わせてくれたことが嬉しかったんです。もし成功したら、お金は全て宮本さんに差し上げるつもりでした。でももう……きっとそれは叶わないから」

　そこで山崎は宮本の顔を見た。宮本は何やら緊張した面持ちを見せている。

「もう……いいですよね」

　そう言って山崎はジャケットのポケットに手を入れる。まさかまだ凶器を？　と身構えたのも束の間、山崎が取り出したのは何の変哲もないスマホだった。

　山崎がスマホを操作すると、雑多なノイズと共にくぐもった声が再生される。ボイスレコーダーのようだった。

『……正直僕は、どっちでもいいんです。成功してもしなくても。宮本さんのおかげでようやく自分の存在価値が摑めたような気がしているので、もう十分です。……ここで死んでもいいくらいです』

　カチャカチャという食器の音や人の話し声と共に聞こえて来るそれは、山崎の声だった。どこかの居酒屋かバーで録音されたもののようだ。それを聞いた宮本は目を剝き、何か言おうと口を開く。当然、声は出ない。

そして続いて聞こえてきたのは、宮本の声だ。

『何言ってんだ。お前には元々、何でもできる能力がある。俺はそれをちょこっと後押ししてやってるだけだ。お前と俺ならやれる。死んでもいいって言うなら……そうだな、もし万が一失敗したら、そのまま空から飛び降りて、全部なかったことにしちまえばいい。どうだ、ダイナミックでいいだろ』

その言葉を聞いた瞬間、石井さんが緊迫した声で「木暮さん」と僕を呼んだ。しかし石井さんが何か続けるより先に、山崎は再生された宮本の声に応えるように言った。

「イエス」

その瞬間、山崎の身体が一瞬のうちにトイレの床をすり抜け、消えた。

「!!」

突然の事に僕は呆気にとられる。まさか、録音していた他人の声で能力を。

「木暮さん、追います！」

考えるより先に、石井さんの声が響いた。僕は壁から手を離し、その声に応じる。

「……イエス！」

そしてその声と共に、今までに感じたことがないほどの重力を身体に感じ、僕と石井さんは旅客機の機体をすり抜け、次の瞬間には一面の雲海の真っ只中へと落ちていった。

「……っ石井さん！」

ありえないほどの空気抵抗を顔に、体に感じながら、僕は二メートルほど横を一緒に落ちていく石井さんに向かって呼びかけた。

「これっ‼　どうするんですかっ‼」

眼下には雲の切れ目と、その下を真っ逆さまに落ちていく山崎の姿が小さく見える。

完全に予想外だ。まさか予め録音していた声で能力を発動するとは。自分の声を録音して再生し、それに対して答えても能力は発動できないと石井さんは言っていたが、他者の声を録音して再生した場合なら発動できるのか。

「着地します‼」

石井さんが激しい空気抵抗の中で叫び返してくる。

「どうやって⁉」

「地面が見えたら、能力で勢いを消して軟着陸！」

石井さんから、簡潔明瞭な答えが返ってくる。

「私と木暮さんと山崎さん、三人同時に！　できますか⁉　私がやっても構いませんが！」

僕は眼下の山崎を見る。この位置関係なら、山崎を見失う事はないはず。距離のイメージもできる。石井さんの言っている方法でいけそうだ。

「わっ……かりました！　どっちでも大丈夫です！　僕がやりましょうか‼」

「では地面が見えたら指示を出しますので、それで！」

蒼天の下、二人の男がパラシュートもなしに落下しながら叫びあう。傍から見たらこれほど異常な光景もないだろう。もちろん、誰も見てなどいないが。

僕は突風の中で呼吸を整える。ひとまず、この状況を何とかする手立ては見えた。山崎の救助も、僕ら二人の無事も、何とか確保できそうだ。

「……勢いでっ！　追ってきちゃいましたけどっ！　宮本は放っておいて大丈夫なんですかっ！」

山崎に目を向けたまま、石井さんに呼びかける。返事がないのでちらっと石井さんの方を見ると、石井さんが手にナイフを持ってこちらに示している。

「凶器は没収してきたので！　大丈夫かと！　そもそも宮本も山崎の能力に依存していたので！　山崎を失った今、もう何もする気にはなれないかと！」

いつもの口調のまま大声で話しかけてくる石井さんを見て、場違いながら少し笑えてきた。

「……山崎はっ！　最初からこうするつもりだったんですかね！」

「おそらく！　宮本の声を予め録音して、有事の際に備えていたものかと！　あまりまともな精神状態には見えませんでしたし！」

元上司に対してそんな事を言えるあたり、石井さんも大分豪胆だ。

「今回の調査！　五人目の、山崎の調査は！　これでもういいですよね⁉」

「そうですね！　周辺調査はとっくに済んでいますし！　能力の発動確認もできていますし！　これで問題ないかと！」

「この後、山崎はどうするんですか⁉」

「研究所へ連れていきます！　放っておくのは！　危険だと思われるので！」

確かに。能力を自覚した上、精神的に疲弊しているとなれば、何をするか分かったもんじゃない。専門の機関が面倒を見るのが一番だろう。

「地上に着いたら！　研究所へ連絡するので！」

「あ、もう連絡取って大丈夫なんですね！　失踪中なのに！」

「調査は完了しましたので！」

勝手な人だ。地上数千メートルから落下していても、人の性格というのは変わらないらしい。

「……石井さん！」

本名を呼ばれた石井さんは一瞬、反応した様子を見せたが、この状況で表情の機微が分かるはずもない。

「はい！」

「結局こうして、僕とペアで調査することになるなら！　何でわざわざ琴原さんと連絡を絶ったんですか！」

少しの間の後、石井さんの声が返って来る。

「所長への意思表示です！　今回の件については私一人で……正確に言えば、私と木暮さんで対処しますと！」

「だから、それを直接琴原さんに言えばよかったんじゃないですか⁉」

「所長は、私が今回の件に関わる事に反対していましたので！」

意外な答えに、思わず石井さんの顔を見る。

「五人目の監視対象が私の元上司だと分かった時点で！　所長は私が五人目に接触しなくても済むよう取り計らうつもりだったようです！　具体的に言うと、調査官代理として木暮さんに今回の件を任せる予定でした！」

待て待て。初耳すぎる。

じゃあどちらにしろ、僕は山崎を追ってこの旅客機に乗り込むことになっていたのか。

「私としましては！　自分の元上司が関わっている件に携われないのは極めて遺憾《いかん》ですし！　木暮さん一人にお任せするのも道理ではないと思いましたので！　所長に止められる前に飛び出してきた次第です！　おそらく所長も、薄々察してはいると思います！」

マジか、この人たち。

「……何で琴原さんは、石井さんにこの件に関わってほしくなかったんですか⁉」

「……木暮さん、所長にお会いしたんですよね！　あの方の人となりから、何となく想像できるのではないですか⁉」

琴原さんの……。

頭の中に、研究所で聞いた低い声が響く。


——きっと、あいつなりに曲げられないもんもあるんだろうよ。


初対面でも、何となく分かった。

琴原さんは石井さんを、誰よりも気にかけている。

過去のこととはいえ、石井さんを虐げてきた会社の人間と石井さんを再び接触させたくは無かった、といったところだろうか。

「所長は、融通が利きませんからね！」

蒼い虚空に、石井さんの声が響く。

「石井さんが言いますか⁉」

一緒に落ちていく僕は、ただただ呆れるばかりだ。石井さんも琴原さんも、結局は互いを気遣って。その根底にどれほど厚い信頼があるのか、手を伸ばせば触れられそうなほどはっきりと感じる。

いつの間にか雲の層を抜け、眼下に市街地が見えてくる。

「木暮さん、そろそろ準備いいですか！」

「あっ……はい！」

眼下を落ちていく山崎の下に、雑居ビルと思しき建物の屋上が見える。

「場所はあそこで！　いいですね⁉」

僕は頷き、息を吸い込む。

隣に目をやると、石井さんが落下しながら指で眼鏡を押さえつけていた。その様子が滑稽で、不本意ながら笑ってしまう。

ふと思った。

もし僕が駆けつけていなかったら、石井さんはどうするつもりだったんだろう。

もし僕が今、石井さんの言葉に「イエス」と言わなければ、石井さんはどうするのだろう。

……いや。きっとそんな事、端《はな》から考えていない。

何事にも四角四面。一度決めたら融通の利かない石井さんは、他人に対しても一度信じたらそのまま糞真面目《くそまじめ》に信じ続けるのだろう。そうやって琴原さんを強く信頼しているように。

　そして、下手をすれば命の危険すらあった今回の件でも、僕が来ることを信じて単身で潜入した。

　それはつまり、僕も信頼されている……と考えていいんだよな。多分。

「木暮さん！　あのビルの屋上に、山崎さんと私含め、三人とも軟着陸！」

　蒼天を割いて聞こえて来るその声に、僕は応える。


「イエス‼」


　その瞬間、それまで感じていた凄まじい空気抵抗がふっと無くなり、もの凄い勢いで目の前に迫っていた市街地の地面が止まった。

　山崎と石井さん、そして僕は、見えないパラシュートを付けたようにゆるゆると地上に向かって降下し、雑居ビルの屋上に着地した。

　コンクリートの上に尻を着いた僕はそのまま寝転び、ふうーっと大きく息をつく。パラシュート無しでのスカイダイビングなど、今後はごめんこうむりたい。

「お疲れ様です」

　顔を上げると、石井さんが事もなげな顔で立っていた。さっきまで乱れていた髪も、いつの間にか整っている。抜け目のない人だ。

「……山崎は」

石井さんは無言で、屋上の隅を見やる。山崎はコンクリートの上にだらりと寝転び、動く気配は無い。

「落下中に、既に気絶していたようです」

石井さんは山崎に近付き顔色を確認すると、問題なし、というように軽く頷く。地上数百メートルの距離を気絶しながら落下した人間が「問題なし」だとは思えないが、口を挟む気力は既にない。疲れた。極めて疲れた。色んな意味で。

「……石井さん。元上司と対面して、どうですか」

ほんの少しの意地悪さを込めて、尋ねてみる。

「…………」

石井さんは黙って、研究所へ電話をかけ始めた。答えてくれないんかい。

再び仰向《あおむ》けになり、今しがた落ちてきた夏の空を見上げる。抜けるように蒼い。

「……楽じゃないなぁ」

人に従うのも、自分の意思で行動するのも、楽じゃない。

イエスマンと呼ばれ、それぞれの日々に翻弄された僕と、石井さんと、山崎と。それから鈴村さん、佐倉君、大野さん。一人一人のイエスマンが、決して楽じゃない日々を、今日もこの蒼天の下で過ごしている。

（……やれるだけ、やっていくか）

心の中で呟く。やれるだけやる。それしかない。他人に従おうと従うまいと、周りから何と言われようと、結局。

訳の分からない調査に巻き込まれ、火事場に飛び込み、旅客機からダイブした、そんな怒濤《どとう》の一週間が僕にもたらした結論だ。

「木暮さん」

連絡を終えた石井さんが近付いてくる。

「琴原所長から伝言です。『心中お察しします』と」

「どの口が！」

思わず叫ぶ。琴原さんにも、文句は山程ある。こんな過酷な調査に派遣したことも、石井さんの本心を知った上で僕を送り込んだことも。

今度会ったら、特別手当を請求しよう。

決意した僕の頭上で、飛行機雲が伸び始めた。

エピローグ

一週間にわたる激務の後、僕のファシリテーターとしての仕事は終わった。同時に、有休も終わった。

調査期間終了後、僕は今まで通り会社に復帰し、日々勤労に励んでいる。

有休という名目で過ごした怒濤の一週間は、その後の僕の人間性に多大な影響をもたらし、迎合主義だった僕の人生を変えた……と思いたかったが、実際の所、そんなことは全く無かった。

調査を終え、一般社会人として復帰した僕を待っていたのは、それまでと何ら変わらぬルーティーンワーク。職場環境も一週間で変わるわけはなく、しつこい部長も他力本願な水島先輩もそのままだ。

ただ少し、ほんの少しだけだが、石井さんと出会う前に抱えていた「漠然とした生きづらさ」は、いつの間にか身をひそめたように思う。

少なくとも、自分の生きづらさの原因が他者に従ってしまう点にあるという事、そしてその原因となっている自分のパーソナリティについて自覚できたことは、大きかったのではないかと思う。

自分とは性格も境遇も異なる人たちが、同じように〝イエスマン〟として悩みながらそれぞれ生きている様子を目の当たりにした事も、僕の中に今まで無かった支えを作ってくれたような気がする。気がするだけだから、これについて石井さんや琴原さんにお礼を言う気はない。癪《しゃく》だし。

研究所からは後日、謝礼とその他諸々の件でまたお時間いただきたいとの旨が連絡され、最後に再び顔合わせの機会が設定された。

それが、今日だ。


夕方の駅前。帰路に就く人たちの姿が、茜に染まりながら行き来する。

近くにあるファストフード店の窓に、ちらりと目をやる。いつかの会社帰り、ここで超人的な速度でタイピングをするくたびれた姿のおじさんを見かけたことが、遠い昔のように思える。

「お疲れ様です」

聞き覚えのある声がして振り向くと、ビジネススーツに七三分けのきっちりとした服装。四角四面の顔と黒縁眼鏡。いつもの格好、いつもの風体で、石井さんが立っていた。

「お疲れ様です」

「既にご連絡は行っているかと存じますが、本日は調査報酬の受け渡しと、簡単な事後報告を。……立ち話も何ですから、どこかで」

「そうですね」

多分、どこでもいい。どんな料理を出す店でも、この人はタスクをこなすように食べるのだろうから。

結局、初めて会った時に連れていかれた安居酒屋のカウンター席に落ち着いた。

「ひとまず、こちらを」

石井さんがカウンターの上に厚手の封筒を取り出す。表には「調査協力報酬　木暮慧様」と書かれている。

「今日日《きょうび》、現金ですか」

何となく予想はしていたが、言ってみる。

「諸事情により、ご理解ください」

カウンターに塩だれキャベツが置かれる。これに箸を付けるとまともに会話ができなくなることは学習済みなので、放置しておく。

「木暮さんにご協力いただいたおかげで、今回の調査において有意義なデータを得ることができました。琴原研究所を代表して、感謝申し上げます」

石井さんが几帳面《きちょうめん》に頭を下げる。

「あ、いや……こちらこそ」

こういう常識的な態度を取られると、社会人としては対応せざるを得ない。

「簡単にですが、先日の山崎さんの件について、ご参考までに」

そう言って石井さんは報告しだした。


研究所に戻った石井さんはとりあえず、琴原さんにしっかり怒られた。そりゃそうだろ、と僕は心の中で突っ込みを入れる。

山崎はあの後、琴原研究所が身柄を保護し、事情聴取を行った。そしてその後、本人の同意を得た上で、迎合性対人夢想症候群及び今回の件について、一切の記憶を消去したという。

「消去って」

やっぱりできるんだ、そういう事。

「山崎がイエスマンについてどの程度知っているかは、研究所における聴取で明らかになりました。なので私の能力で消すこともできたのですが、山崎さんは自らの能力で記憶を消すと」

「自分で？」

　その後は、呆気なく済んだ。石井さんが忘れてくださいと言い、山崎がイエスと答え、その瞬間をもって山崎は今回の件についての記憶を全て失った。

「会社を辞めた件については、山崎さんの心身不調という形で処理することにしました。記憶が消えた後、山崎さんがなぜ自分は仕事を辞めているのかと疑問に思ってはいけませんので。山崎さんの自宅に、偽装した精神科の診断書をそれとなく置いてあります。現在は一般人として、再び就職活動に励まれているようです」

「ふーん……」

　ちなみに、宮本の動向も研究所の方で一応追ってみたらしいが、山崎を失った後は今まで通り三流の私立探偵として生活しているらしい。石井さんに組み伏せられたのがトラウマになったのか、その後は山崎と接触する気配は無かったとのことだった。確かに、山崎に関わったおかげでトイレの床に押し付けられることになったと考えると、これ以上関わる気にはなれないだろう。

「あ」そこで僕は声を上げる。「宮本が声出せなくなってるの、完全に忘れてました。……というか、宮本もイエスマンについて知っちゃったなら、野放しにしておくのは危険なんじゃ」

「そちらについての後処理は後日、私が単独で赴いて対処いたしました。あの日以降、宮本は原因不明の発声困難を訴えて耳鼻咽喉科に通院していましたが、私が病院スタッフに扮して接触し、能力で声を戻しました。そのついでに、彼がイエスマンについて見聞きした記憶を消してあります」

「あ、そうなんですね。お疲れ様です」

なるほど、宮本がイエスマンについて何をどこまで知ってしまったかという事は山崎から事情聴取で聞いていたから、宮本の記憶からどんな内容を消せばいいかのイメージが石井さんにはある。結果、記憶の消去が可能になったということか。

「……しかし山崎、一度は死のうとまでしたのに、結局一般人として生きることを選んだんですね」

「死んだつもりが、不運にも我々に助けられてしまったので。命を拾ったことを実感してしまった以上、再び身を投げる気にはなれないと仰っていました。つまるところ、怖《お》気《け》づいたということですね」

相変わらず元上司でもばっさり切るな、この人。

「……ちなみに、言えなければ別にいいんですけど、他の監視対象の人たちの動向もチェックしてるんですか」

「はい。今回、監視対象の動向から目を離した隙に起きてしまったトラブルが多いので。ですが今のところ、木暮さん以外は自分をイエスマンとして自覚することなく、今まで通り過ごしていらっしゃいます」

　今まで通り、か。僕と同じだ。

「今回監視対象としてピックアップしなかった方々に関しても、今のところ大きな問題はなく……社会の狭間で、それぞれ一人の人間として生きています」

　僕は今までに会った人たちが、それぞれの暮らす場所で人混みに紛れていく様を想像する。

　鈴村由樹。佐倉治。大野幸。山崎純一郎。きっとどの人も、色々なコミュニティの中で、周りの人より少し我が弱い、意思表明をするのが苦手な人間として、それでもその人なりに生きていくんだろうと思う。

「……しかし、あれですね。こうなると僕だけなんか異色というか、イエスマンの存在を知ったまま社会に紛れていく、唯一の人間になるんですね」

　僕は石井さんの表情を窺いながら言う。石井さんは黙って水を一口含み、ゆっくり飲み込んでいる。

「……それについてなのですが。……少々この後、場所を変えてお話ししたいことが」

　……やっぱり、予想通りだ。奇《く》しくも、最初に会った時と同じ流れ。

　僕は「はい」と返事をして、キャベツに箸を付ける。これ以上、ここで石井さんが話せることはないだろう。石井さんもそれを察したようで、僕に続いて機械的に箸を動かし始めた。

夜の堤防に、男二人の足音が響く。

いつか女性と一緒にこういう所を歩ける日が来るんだろうかなどと、実りのない想像をする。今の会社で社内恋愛はないだろうから、可能性があるとしたら今後……。

「木暮さん」

ふいに前を行く石井さんが立ち止まり、僕は慌てて足を止める。

「改めて、今回の調査にご協力いただきありがとうございました。私の不手際によるハプニングとはいえ、木暮さんに関わっていただけたことは、我々研究所としても非常に助けになりました」

「いえそんな、改まって」

頭を下げる石井さんの前で、僕は手を振る。

研究所としても、か。……石井さん個人としてはどうだったのだろうと、頭の片隅で思う。

「その上で、今からご依頼させていただくことを、失礼を承知でお聞き願いたいのですが」

波音が風を揺らす。昼間の熱気を手放したコンクリートの防波堤越しに、打ち付ける波の欠片《かけら》が見える。

「今回の調査全般に関する記憶を、放棄していただきたいのです」

数秒の沈黙。その後、僕は止めていた息をふう、と吐いた。

「……分かりました」

あっさりとした僕の承諾に、石井さんが珍しく眉を上げて僕の顔を見る。

「実を言うと、何となく予想してたというか……いや僕、調査に協力参加したのもそうですけど、実際に研究所に行ったり、琴原さんから色々内部の話を聞いたりしてるから、このまま部外者として社会に放つのはちょっと……アレなのかなと。というか僕が研究所の人間だったら、そう思うってだけで」

研究所から今日の最終顔合わせの知らせが来た時も、正直この展開を予想した。あれだけの事に関わっておきながら、これにて調査は終了しましたのでご協力ありがとうございました、さようなら、で終わるわけはないだろう。

「報酬が現金手渡しだったのも、口座振り込みだと入金記録が残ってしまって、記憶を消した後で僕が不審に思うからですよね」

そしてさっき、山崎が聴取後に記憶を放棄したという話を聞いて、予感が確信に変わった。

「鈴村さんみたいに、普通に過ごしていれば無害なタイプの人ばかりがイエスマンだったらまだ良かったと思うんですけど、山崎みたいに不安定な奴が能力に気付く可能性を考えたら、研究所の関係者である石井さん以外、一般人として過ごすのが一番いいと思います。……これ多分、研究所が出した結論だと思うんですけど、僕もそれに同意ってことで、大丈夫です」

「……本当に、よろしいのですか」

石井さんは、月に背を向けている。そのせいで、読みにくい表情が一層見えない。

「依頼したこちらから申し上げるのもなんですが、言ってしまえば木暮さんは、常人にはない能力を持っていることを自覚されたわけです。可能であればこのまま日常生活に戻り、能力を使って今後の人生を楽にしたいと思うのが道理かと」

「その能力を持っているせいで、高校生の姿で万引きGメンみたいなことをする羽目になったり、猫になって火事場に飛び込んだり、パラシュート無しでスカイダイビングすることになったり……そんな事に巻き込まれるなら、遠慮します。こっちも会社勤めなので、身が持たない」

僕は冗談と本心を半分ずつ混ぜて言った。おそらく、冗談の方の半分は石井さんには伝わっていないだろうけど。

「報酬はきちんといただきましたし。むしろ、こうして承諾を取られていることに驚きですよ。僕が初めて石井さんと会った時と違って、今は僕がイエスマンについて何を知っているのか、石井さんは把握していますから。その気になれば琴原さんの指示で能力を使って、僕の記憶を消せるでしょう。宮本の記憶を消した時みたいに」

だから実質、この意思確認に意味はない。僕が拒否していたとしても、研究所の一存で僕の記憶は消せるからだ。でも。

「……それでもこうして意思確認をしてくれているのは、琴原さんの指示ですか。それとも」

「私の意思です」

石井さんがはっきりとした声で答える。

「元々は一般人として過ごしていた木暮さんを引き入れたのは私です。調査は終了し、報酬の受け渡しも完了しましたから、ファシリテーターとしての契約はこれで終了しています。しかしだからといって、何の説明も無しに木暮さんの記憶を消すのは、どうにも……」

そこで石井さんは口をつぐんだ。おそらく、自分の感情を表す言葉が見つからないのだろう。納得できない？　不本意？　残念？　多分そのどれとも違う。

石井さんが僕の記憶を消すのに躊躇っているのは、一週間共に調査を行った仲間として、言葉では言い表せない気持ちがあるからだ。

それだけで、十分だった。

「……じゃあ、これでお別れですね」

僕は気まずい沈黙を払うように、掌を石井さんに向けて振る。

「どうせ忘れちゃいますけど、この調査に参加させてもらって、僕も感謝しています。イエスマンの事を……自分の事をちゃんと、知れたことに」

結局、伝えるつもりの無かった感謝を伝えてしまった。でも、これは本心だ。

石井さんは眼鏡を指で押し上げる。その奥の眼差《まなざ》しからは、相変わらず何も読み取れない。

「……最後に一つだけ、伺いますが」

石井さんは言った。

「他者の言葉に頷く事が……何も考えず相手に従う事が、自分という人間の価値であると、今でも思っていらっしゃいますか?」

僕は波音に消されないよう、はっきりとした声で言う。

「……そんな訳、ないじゃないですか」

そして石井さんの顔を見た瞬間、僕は目を疑った。

石井さんは、笑っていた。

口角をぎこちなく上げて、カッチカチの笑顔で。でもおそらく、石井さんの数少ない、他者への感情表現として。

「私も、そう思います」

そう言って石井さんは手を差し出した。

僕はその手を取り、しっかりと握る。

「さようなら、イエスマン」

「……さようなら」

そして手を放し、僕は目を瞑る。頭の中に、石井さんと出会ってから今までの事を、走馬灯のようにはっきりと思い描く。

「木暮慧さん」

闇の中で、石井さんの声が聞こえる。

「イエスマンについて今までに知りえたことを全て、忘れてください」

自分の呼吸音を感じながら、その声に向かって応える。


「イエス」


目を開けた時、僕は誰もいない夜の防波堤で、訳もなく一人佇んでいた。

コンクリート越しの潮風が、妙に生温かかった。

◆　◆　◆

「部長。ここ、間違ってます」

先程渡された書類を、部長のデスクに突き返す。

部長はあちゃ、と自分の頭をはたいた。

「ごーめんごめん。またやっちゃった。木暮君がチェックしてくれるからと思ってつい……はいこれで修正完了。改めて、お願いします！」

「こっちに回す前に、しっかりチェックお願いしますよ。僕だって見落とすことあるかもしれないんですから」

「大丈夫大丈夫。木暮君のこと信頼してるから」

僕は溜息をつき、自分のデスクに戻る。信頼を理由に確認を怠っては困る。基本的にしっかりしている部長なのに、変な所で部下任せというか、手抜きなんだよな。

デスクに戻った僕を、同僚がパーティション越しに迎える。

「本日も部長のフォロー、お疲れ様です」

「全くだよ、と言いたいところだけど、お前も手が止まっている以上、人のこと言えないぞ」

「手厳しいなあ。……ところで俺、そろそろ煙草休憩行きたいんだけど、もし手空いてるようならこっちの書類のチェックも併せて……」

「お断りします」

「ですよね～……」

同僚はすごすごとパーティションの向こうに消えていった。


社会人になって五年。

去年、転職して入ってきたこの会社は、我ながら肌に合っている。

同じオフィスに同僚がいるというだけでも、かなり大きい。前の職場では自分が一番下の代、かつ一人だったため、仕事は全て上から下への一方通行だった。たまに、何の脈絡も無く先輩から仕事を押し付けられたこともある。

しかしこの職場は、仕事の振り分けに関しては前の職場よりはるかにしっかりとしていた。部長や先輩もそれぞれの仕事の進捗具合や負担の偏りを考慮して仕事を振ってくれるし、有事の際は僕ともう一人の同僚で互いのミスをカバーしたり、作業量を分担することもできる。……さっきみたいな無茶振りは例外だが。

前職は三年ほど勤めたが、あまり思い出らしい思い出もない。ただ入社した当初から、何となく息苦しい感覚があったのは薄っすらと覚えている。上の指示に従って、ただ動く日々。僕の気質の問題もあったのかもしれないが、他人にひたすら従うという事に息苦しさを覚えていたのは事実だ。

入社して二年目だったか、なぜか夏頃に一週間まとめて有休を取ったのを覚えている。その間何をしていたのか、既に覚えていないが、何か仕事で気詰まりな事があって傷心旅行にでも出かけていたのかもしれない。そんな職場だったから、今いるこの場所は、前よりも随分生きやすさを感じるような気がする。……部長がちょっと抜けているという欠点はあったりするが。

そんな職場に今日、新入社員がやって来る。

高卒枠の女子ということしか聞いていないが、面接を担当した先輩曰《いわ》く、やや内気で意思表明が苦手そうな印象があったという。

「でも受け答えはしっかりしてたし、優秀だと思うよ。指示待ちにならないかちょっと心配だけど……まあ、木暮みたいなのが先輩にいれば大丈夫だろ」

「みたいなの、って失礼じゃないですか」

先輩の軽口に眉をひそめる。

意思表明が苦手、か。何となく、シンパシーを感じる。主に昔の自分と比べて。

「とか言ってる間に、ほら来た。はい、全員集合。新入社員に挨拶！」

部長の呼びかけで、オフィス内の人間がわらわらと集まる。

……まあきっと、多少意思表明が苦手でも大丈夫だ。少なくとも、この職場に関しては。

大事なのは、自分の価値を他人に依存させない事。これはほぼ自戒だが、これさえ揺るがなければ、多分どんな場所でも、自分を見失わずに生きていける。

皆が集まったオフィスの前方に、新入社員の姿が現れる。

その顔を見た時、あれ、と思った。どこかで見たような気がしなくもない……やっぱしないかな。いや、するかも。どっちでもいいや。今日から、大事な後輩だ。

すこし俯きがちのまま、彼女が挨拶する。

「本日からお世話になります、鈴村由樹と申します……よろしくお願いします」

頭を下げたその姿は、やはり誰かに似ているようで……いや、やっぱりどちらでもいい。

よろしく、と拍手がオフィス内に響く。

僕もよろしく、と歓待の意を込めて彼女を迎える。

これからまた、忙しくなりそうだ。

◆
◆
◆

雨粒が、トタン屋根を打った。

石井は詩集から顔を上げ、天窓を仰ぐ。いつの間にか空が色を変えている。時計を見ると、優に一時間半も経っていた。

そして、降り始めた雨と示し合わせたように、石井の足元から靴音が聞こえた。

床板がカチッ、と音を立てて開き、その下から屈強な体軀をした白髪交じりの男が現れる。

「珍しいな、石井。休憩に行きますと言って、一時間半もサボりか」

「失礼いたしました。時間を忘れておりました」

立ち上がり詩集を机に置いた石井を、その男は……琴原は、手で制した。

「いや、いいよいいよ。今日も暇な方だし。監視《モニタリング》の方も、今いる人員で足りてるし」

降り始めた雨の音が、狭い小屋に満ち始める。

「珍しいなと思っただけだよ。いつもは率先して監視業務に当たってるし、監視対象の事を一番気にかけてるのもお前だから。特に……」

「では、その他の雑務に取り掛かります」

構わず階下に降りていく石井を見て、琴原はやれやれと溜息をつく。そして、机の上に投げ出された詩集に目を留め、ぱらぱらとめくってみる。

「……へえ、こんなの読んでるのか。なあ、これ読み終わったら借りてもいい?」

床板の下から返事が返ってくる。

「所長、そちらは以前お貸ししております。あと私はその詩集、とっくに何度も読み終えております」

　琴原は頭を掻いた。

「そうだったかな」

　石井に続いて階下に降り、床板を閉める。無人になった小屋の中で埃が舞い、机の上に開いたまま置かれた詩集の上へふわりと着地した。

　開かれたページには、やや掠れた文字が並んでいる。


　他人に迎合すること勿れ。

　人の価値は、そこには非《あら》ず。

　考えを止めること勿れ。

　考え、疑い、迷うほど、人は強し。

あとがき

空を飛ぶことは、人類共通の夢である。

鳥に憧れた人類は、自転車に羽根やプロペラを付け、更には飛行機を発明し、それでも飽き足らず今や自力で空を飛ぶスーパーヒーローまで生み出し、人々の尊敬の的となっている。

自分もそんなヒーローを夢見た人間の一人である。正確に言えば、ヒーローになって空を飛ぶことを夢見た人間の一人である。しかし今のところ、それは実現していない。

自分はヒーローなどではなく、周りの人間よりもいささか出来の悪い一般人だからだ。どう出来が悪いかというと、とかく融通が利かない。人から言われた以上のことにまで気が回らない。唯一の特技は周りの指示に対して「はい」と返答しそれを忠実にこなすことであったが、現代社会は柔軟性と思考力を持った人を基準として作られているため、自分のような人間は落ちこぼれだった。

ヒーローになれない自分は、もしや他の誰かがヒーローとなって自分のような落ちこぼれを助けてはくれまいかと期待した。しかし待てど暮らせどそのような人物は現れなかった。現れなかったので、そんな人物が登場する物語を書くことにした。

物語を書くにあたって、どうせなら自分のような人間が落ちこぼれなりに能力を発揮して世界をひっくり返す、そんな話にしたいと思った。そうして生まれたのが『ヒーローはイエスマン』だ。

本書には様々なイエスマンが登場する。彼らは決して非凡な人物などではなく、それぞれが毎日を精一杯生きている。しかしそういった人々こそ特別な力を持っているのではないかと自分は思う。それは世界をひっくり返すほど大それた力ではないかもしれないが、それでも身近な誰かを助けられるくらいの力は潜在的に持っているのではないかと信じている。

イエスマンという呼び名は皮肉でも自虐でもなんでもない。上下関係や能力主義といった、どうしようもない大きな力に押し流されて日々過ごしているような人たちが、内に秘めた「自分」を開放して誰かを救う。そんな奇跡を可能とする、ヒーローたちの呼び名である。一般的には相手の言うことに頷くだけの人を揶揄《やゆ》する言葉だが、こうして見ると何か特別な称号のように思えるから不思議だ。

この〝イエスマン〟たちのように周囲からの軽口やコンプレックスを全て自分のアド

バンテージに変えることができれば、人は案外簡単にヒーローになれたりするのではないかと、本作を書き終えて思った。というより、なれたらいいなという期待を抱くようになった。その期待がこの先実現するかどうかは、また別の話である。

そんな落ちこぼれが書いたヒーローの物語がどういうわけか多くの人の目に留まり、エブリスタ×ナツイチ小説大賞というたいへん名誉な賞をいただき、書籍の形になったのが本書である。

このような幸運に恵まれたのにもかかわらず、相変わらず自分は空を飛べない。もちろん、スーパーヒーローにもなれていない。

ただ、落ちこぼれが書いた物語よりもスーパーヒーローが書いた物語の方が面白いかと聞かれるとちょっと自信がないので、とりあえず今後暫くは落ちこぼれのまま物語を書き続けようと思う。

ヒーローにならずとも、空を飛べるようになる日を信じて。

本作を出版できたのは、多くの方々の助けがあったからに他なりません。
書籍化にあたって親身なアドバイスをくださいました担当編集の東本恵一さん、カバーイラストをご担当いただきました浅田弘幸様はじめ、本書に関わってくださった全ての方へ、またお手に取っていただいた皆様へ、心より感謝申し上げます。

二〇二一年五月

羽泉伊織

第二回エブリスタ×ナツイチ小説大賞受賞作

本書は、小説投稿サイト「エブリスタ」に掲載されたものを加筆・修正したオリジナル文庫です。

本文デザイン／高橋健二（テラエンジン）

集英社文庫
エブリスタ発の本

宅飲み探偵のかごんま交友録

冨森　駿

憧れの先輩・小春に告白した晴太は、返事の代わりに謎の指令を下され!?　第一回エブリスタ×ナツイチ小説大賞受賞作。